別れさせ屋魔術師は勇者様と恋なんてしない

村崎 樹

illustration:れの子

別れさせ屋魔術師は勇者様と恋なんてしない

マギシュタイラ王国の西の街を統治する、コルネリウス侯爵家。

その長男であるローデリヒの十八歳の誕生日を祝う舞踏会は、一転して不穏な空気に包まれていた。貴族たちが華やかな装いで集う広間に、彼の声が響き渡ったからだ。

「まさか伯爵家の令嬢ともあろう者が、記憶を失った憐《あわ》れな女性に陰湿な嫌がらせを繰り返していたとはな。見損なったぞ！」

人差し指を突きつけられた伯爵令嬢は、招待客からの好奇の視線が向けられる中、呆然《ぼうぜん》と立ち尽くしていた。しかし一拍の間ののち毅然《きぜん》として反論する。

「ご……誤解です、ローデリヒ様！　マリアンネ様に対する嫌がらせなど、そんな……っ」

「話はすべて彼女から聞いている。言い訳など見苦しいぞ！」

ローデリヒが婚約者を痛烈に批判する中、当事者であるマリアンネは、彼の腕の中で子うさぎのように震えていた。

ベージュの髪を内巻きにし、淡い水色のドレスに身を包んだ小柄な体は、いかにも気弱な乙女《おとめ》といった様相だ。しかし大きく空いた胸元からはやわらかな膨らみが覗《のぞ》いていて、ローデリヒは「大丈夫か？」と気遣うふうを装いながら、ちらちらとそこに視線を寄越《よこ》していた。

（当然だ。色惚《いろぼ》けした坊ちゃんの好みを調べ上げたうえで、この体を作り上げたのだからな）

ハッ、と鼻で笑いそうになるのをマリアンネは必死に堪《こら》える。森の中で出会ったときもそうだ。馬車を降りてきたローデリヒは、庇護欲《ひごよく》をそそる容姿の女性《マリアンネ》を前にして、運命の出会いを果たしたかのように目を輝かせていた。――将来を誓った相手がいるにもかかわらず。

とはいえこちらとしては、浮ついた心を持つ男のほうが仕事の進みが早くて助かる、というのが正直なところだった。実際、青ざめた顔で事態を見守っている長男派の貴族とは対照的に、今回の依頼主である次男派の人々は嬉々《きき》として次の言葉を待っている。

「ローデリヒ様がわたくしなんかにお優しくしてくださるから、ご婚約者様は気分を害されてしまったのですわ……。すべてこのマリアンネが悪いのです」

潤んだ目で見上げる姿に、ローデリヒは心臓を矢で射られたかのように胸に手を当て、「うっ」と呻《うめ》いた。本当に、呆《あき》れるほど御しやすい小僧だ。

運命を感じたか弱い乙女の正体が、背丈も体格も己と大差なく、股の間に自分と同じものをぶら下げた男……などという残酷な事実を知りもしないローデリヒは、マリアンネの細腰を抱き寄せ婚約者を睨《にら》みつける。

「このような健気《けなげ》で慈悲深い女性を虐げるなど、とても許されることではない。今この瞬間をもって、お前との婚約を破棄する！」

ローデリヒの一方的な宣言に、広間がどよめきに包まれた。やってしまった……とばかりに長男派の連中が天を仰ぐ中、記憶喪失の憐れな乙女・マリアンネ——否、魔術師・エリアスは、涙を拭う振りをしてハンカチで目許《めもと》を押さえる。依頼の完遂を確信し、綻ぶ表情を隠すために。

雲の位置が随分と高くなった空に、秋の訪れを感じる午後。膝《ひざ》まである地味なマントに身を包んだエリアスは、金色の髪を風になびかせ、コルネリウス侯爵領の中心街を歩いていた。月に一度、行商の市が立つ日とあり、街は多くの客で賑《にぎ》わいを見せている。

眼鏡《めがね》の山の部分を指で押し込んだエリアスは、大通りを進みながら周囲をざっと見回した。用事を済ませるついでに、なにか掘り出しものが見つかればいい……という程度の気持ちだったが、とある露店が視界に入った瞬間ぴたりと足を止める。

帆布の傘の下に麻縄で結わえた色とりどりの鉱石が下げられ、ぴかぴかと光を放っていた。薬草や、緑色の液体が入った小瓶、ヤモリの干物など、一般家庭用の魔道具と魔術用の材料がごちゃ混ぜになって置かれているその店に、エリアスは迷わず近づいていく。

明るい声で客引きをしていた店主らしき中年男性は、露店の前にやって来たエリアスを認めた途端、びくっと肩を跳ねさせた。

「うわっ、びっくりしたぁ。全然気づかなかったよ。お兄さん、いつの間に来たんだい？」

「ほんの少し前に。手に取って見てもいいか？」

「ああ、もちろん。どれも手頃な値段だが、決して質は悪くないよ」

愛想よく答える店主に、そうだろうな、とエリアスは胸の内でつぶやく。様々な色の石が詰め込まれた籠《かご》に手を伸ばすと、丸みを帯びた赤色のものを摘《つま》み上げた。

「その籠に入っているものはクズ石で、どれも銅貨一枚だ。綺麗《きれい》なものは子供が宝石代わりにして遊んでるよ」

日の光にかざして熱心に観察するエリアスに、店主は軽やかな口調で説明した。価格を聞いたエリアスは横目で店主を見ると、「ふむ」と懐から革の小袋を取り出す。

「これをもらおう」

「ありがとよ。小さな女の子にでも贈るのかい？」

「いいや、自分用だ」

銅貨を受け取った店主は、「ええ？」とおかしそうに肩を竦《すく》めた。エリアスはそれ以上なにも言わず、小袋をしまうと足早に露店を離れる。店主も道行く人々も、自分の存在など気に留《と》めはしないはずだが、できるだけ目立たないようにした。

約束の時間が迫っているため、このまま中心街を抜けようと考えたエリアスは、この街の住民と思われる女性二人の横を通りすぎた。その瞬間、女性たちの声が耳に飛び込んでくる。

「ローデリヒ様、すっかり意気消沈して寝込んでいらっしゃるという話よね。なんでも、お屋敷に住まわせていた意中の女性が忽然《こつぜん》といなくなってしまったとか……」

「伯爵家のご令嬢に、一方的に婚約破棄を告げた直後のことだったのでしょう？　一番の被害者はそちらのご令嬢だわ」

「ローデリヒ様とご婚約者様との仲を引き裂いておいて、翌日には姿をくらませるだなんて、一体その盗《ぬす》っ人猫《とねこ》はなにを考えているのかしら」

例の誕生日会から一週間。領主の子息の失態は、格好の噂話《うわさ》として領民の間にすっかり広まっているらしい。考えることなどなにもない、ただの仕事だからな。……と、心の中で返事をして、エリアスは小路《こみち》へ足を踏み入れる。

周囲に人の気配がなくなると、握っていた小石に改めて目をやった。赤色の染料で着色されているせいで分かりづらいが、陽光で照らせば石の中心部が細やかな光を放つ。思いがけない収穫にエリアスは口許をゆるませる。

（間違いない、浄化石だ。それもかなり高純度の）

汚水に入れると小一時間ほどで飲用に適した状態まで清めてくれる浄化石は、銀貨五枚ほどで取り引きされる魔石だ。使用回数の少ない浄化石は純度が高く、高値がつきやすい傾向にある。ときに金貨一枚――露店での売値の一〇〇倍で取り引きされることもあった。

質のよい浄化石は澄《す》んだ気を放つため、露店のそばを通っただけでエリアスはすぐに気づいた。だが、それは魔力を持つ人間に限った話だ。魔術師が少ないこの王国で、高純度の浄化石がガラス玉と見間違われがちなのは仕方のないことだった。

カラッとした気候が特徴のマギシュタイラ王国は、複数の国と隣接する小国だ。周辺国と比べて国民の魔力保有率は低いものの、魔力を持つ石――魔石が採掘できる鉱山が王国内に多数あるおかげで、人々は魔術と密接した生活を送っていた。

発光する魔石を使った照明器具や、蓄熱式の魔石を用いた携帯用の暖房具など、その使い道は数知れない。希少な魔術師は大半が魔術師協会に所属し、国民の生活を助ける魔道具を開発したり、国防に魔術を利用したりと王国のために尽力していた。

王族や貴族などの高額報酬が期待できる依頼は、基本的に魔術師協会を通して行われる。そのため、協会に属さない魔術師は庶民からの依頼しか受けられない。しかしエリアスは無所属の魔術師でありながら、その特異な仕事内容から貴族の依頼が絶えなかった。

住宅街の外れにぽつんと建っている、レンガ造りの家を訪れたエリアスは、年季の入った木の扉を拳で軽く叩《たた》いた。慎重に開かれた扉の先で、庶民の格好をした男が訝《いぶか》しげな顔をする。

「ええと……」

「私だ。エリアス・クラテンシュタインだ」

名乗りながら眼鏡を外すと、男ははっとした様子で表情を引きしめた。「どうぞお入りください」と丁寧な所作でエリアスを中へ招き入れる。

台所と居間が一緒になっている部屋の中心には、質素な平屋にはおおよそ似つかわしくない、上質な卓《テーブル》と椅子が置かれていた。床の上には複雑な紋様が描かれており、エリアスは一目見ただけでそれが移動用の魔法陣だと察した。恐らく依頼主の屋敷に繋《つな》がっていて、他人に嗅ぎつけられたくない話をする際にこちらの家を利用するのだろう。

卓の後ろに控えているのは様々な年代の男たちだ。二十代から三十代後半の護衛が三人、部下と思われる三十代の男が一人。唯一卓に着いている四十代の男が、今回の依頼主であるヨアヒムだった。

「ご足労いただき感謝いたします、〈紫水晶《アメシスト》〉の魔術師殿。あわせて、見事な仕事ぶりにも厚くお礼を申し上げます」

コルネリウス侯爵家の分家にあたる彼は、エリアスの姿を認めると大袈裟《おおげさ》なほど愛想よく笑んだ。

彼の背後に立つ男たち――特に比較的若い護衛と部下が、ちらちらとこちらに視線を寄越す。警戒の眼差《まなざ》しとは異なる明らかな好意を孕《はら》んだそれに、エリアスはふっと口許をゆるめた。その場に立ったまま小首を傾《かし》げ、蠱惑的《こわくてき》な笑みを浮かべる。

揶揄《やゆ》に見事引っかかった男たちは、どぎまぎした様子で目を逸《そ》らした。無骨な顔が赤らむのがおかしくて仕方ない。

エリアスの艶《つや》のある金髪と、滑らかな白い肌は繊細な印象だが、紫色の双眸《そうぼう》は凜《りん》とした力強さを放つ。幼少期はあどけない印象だった赤い唇は、二十五歳を迎えた今、中性的な色香を醸し出すようになった。

その端整な顔が、よくも悪くも注目を集めることを分かっているため、人混みを歩く際は〈認識阻害〉魔法を施した眼鏡を装着し、容姿の存在感を抑えている。認識阻害の眼鏡をかけていれば人々の意識が向かなくなるため、派手な行動に出ない限り、周囲の人間はエリアスを群衆の一部としか感じなくなるのだ。

エリアスと部下たちの無言のやりとりに、ヨアヒムは無言で卓に肘《ひじ》をついた。すうっと目を細め、冷ややかな笑みを浮かべる。

「いやはや、標的の好みに合わせた姿に変化せずとも、元来の美貌だけで虜《とりこ》にしてしまうとは。さすが『別れさせ屋』の魔術師は違いますな。しかしまあ、私が依頼したのはローデリヒ様を誘惑することであって、部下たちの心まで弄んでほしいと頼んだつもりはないのですが」

嫌味ったらしい物言いに、ヨアヒムの性根が垣間見《かいまみ》えた。そもそも、「コルネリウス侯爵家の次期当主の座から、長男のローデリヒを引きずり下ろしたい」という野望を持っている時点で、この男の狡猾《こうかつ》さは察するにあまりあるのだが。

魔術師協会に所属していないにもかかわらず、エリアスに貴族からの依頼が絶えない理由。それは、狙《ねら》った相手の心を奪い、婚約者との仲を引き裂く「別れさせ屋」の仕事をしているからだ。

貴族にとっての結婚は、別の家門との結びつきを作る重要な契約であった。特に当主の子息の婚約者選びには慎重を期す。次期当主の婚約者がよくない噂の飛び交う相手では、その家門自体の評判を下げ、他貴族に付け入る隙を与えてしまうためだ。

短絡的な性格のローデリヒは気性も荒く、侯爵の座を就くのに相応しい人物ではない……と、親族の中でも前々から囁《ささや》かれていたらしい。その欠点を補うように、聡明《そうめい》と名高い令嬢が婚約者に指名された。

ローデリヒを次期当主にしたい長男派の人々にとっては最善の決断と言えるが、切れ者とされる次男を支持する人間にとって、彼女の存在は目の上の瘤《こぶ》だった。そこで、別れさせ屋として暗躍しているエリアスに白羽の矢が立ったというわけだ。

「貴殿の部下が勝手に目を奪われただけの話でしょう？　私の知ったことではありません。それより、報酬の支払いをお願いしたいのですが」

エリアスの悪びれない物言いが、ヨアヒムは癪《しゃく》に障ったらしい。ぴくりと眉を寄せると、一瞬の沈黙ののち、腕を組み悠然とした態度で背もたれに身を預ける。

「その件についてですが……やはり金貨二〇〇枚というのはいささか高すぎではありませんか？　一日の労働の対価を金貨十枚とし、依頼に携わった日数分支払うという約束でしたが、魔術師殿がローデリヒ様に接触したのはせいぜい十五日程度でしょう。ごくわずかな時間しか会っていない日もあることを考慮すれば、金貨一〇〇枚だって多いくらいだ」

貴族特有の高圧的な言動にも、エリアスは一切怯《ひる》む様子を見せなかった。道理を知らない相手を嘲《あざ》笑《わら》うかのように、ふんっと鼻を鳴らす。

「架空の女性に扮し、ローデリヒ様に媚《こび》を売っていた時間だけがすべてだと思っておいでで？　依頼対象者の好みを調べ上げ、理想の相手になるべく、容姿だけでなく振る舞いや会話の内容まで綿密に練り上げる……そういった期間を含めれば、正当な金額だと分かるはずですが」

一向に引かないエリアスに、ヨアヒムがみるみるうちに顔を歪《ゆが》めていく。一転して冷めた表情を浮かべたエリアスは、氷のような鋭い眼差しでその男を射貫いた。

「とにかく、報酬については銅貨一枚だろうと負けるつもりはありません。きっちり金貨三〇〇枚、今ここで支払っていただきます」

高位の魔術師が放つ気迫に、ヨアヒムのみならず、部下や護衛までもがごくりと喉を鳴らした。ヨアヒムは腹立たしげに舌打ちをしながらも、背後を振り返り顎《あご》でしゃくる。

部下がずっしりと中身の詰まった革袋を卓に載せると、エリアスはそれに向かっておもむろに手をかざした。革越しに金貨が光を放ったかと思うと、彼らの目の前で袋がどんどんしぼみ始める。

すっかり袋が空っぽになると、エリアスは元の位置に手を戻した。

「間違いなく頂戴しました。これにてローデリヒ・コルネリウス様の婚約破棄依頼は完了といたします」

啞然《あぜん》とする男たちに向かって告げると、ヨアヒムは半開きになっていた口を慌てて引きしめた。二十ほども年下の男に言い込められたばかりか、物質移動の魔法に目を奪われたことが悔しいのだろう。もうエリアスに用はないとばかりに、眉間に皺《しわ》を寄せ横柄な態度を取り始める。

「ふん。傲慢で金にがめついという噂は本当だったわけだな。石持ちがこれほど品のない男だと知られれば、〈紫水晶〉の名をくださった国王陛下もさぞお嘆きになることだろう」

自分にかかれば、エリアスの評判を落とすことなど造作もないのだと、言外ににおわせているらしい。得意げなヨアヒムに対し、エリアスは失笑を漏らす。

「好きなだけ喚《わめ》けばいいでしょう。どうせあと十も数えぬうちに、私と会っていた記憶は霞《かすみ》のように消えてなくなるのですから」

その言葉に、ヨアヒムは虚をつかれたような反応を見せた。「記憶……？」と不思議そうに漏らしたのち、卓に両手をついて腰を上げ、焦った様子で身を乗り出してくる。

「き、記憶の改ざんは重大な禁則魔法の一つだろう！　そんな罪を犯したと知られれば、いくら石持ちと言えど……ッ」

「おや、ご存じないのですか？　とある二つの条件を満たす場合に限り、魔法による記憶の改ざんも許可されているのですが」

一つ目は、王国、または被術者の心身の安全を保つためであること。もしくは、契約した双方が合意の上で魔法をかけること。

そして二つ目は、施術者である魔術師が特権階級であることだ。

希少な魔術師の中でも特に優れた才能を持つ者は、高位の魔術師による推薦と実技試験により、特権階級の座につくことができる。彼らには宝石の名を冠した称号を与えられるとともに、称号にちなんだブローチが贈られることから、〈石持ち〉と呼ばれていた。

石持ちは侯爵と同等の身分が保障され、衣食住を保つための十分な生活費が支給されるうえに、他の魔術師とは比にならない額の魔術研究費が与えられる。

ブローチに仕込まれた魔法によって宮廷魔術師が位置情報を把握できるため、王国が危機に瀕《ひん》した際は強制的に招集されるなど、高位の魔術師ならではの条件はあるものの、多くの魔術師が石持ちを目指して切磋琢磨《せっさたくま》しているのは事実だった。

現在、マギシュタイラ王国に存在する石持ちは七名。エリアスは八年前……十七歳のときにその実力を認められ、〈紫水晶〉の称号を得ていた。

右腕を伸ばして手のひらをヨアヒムに向け、すうっと水平に動かす。すると空中に光の線が伸び、そこから羊皮紙が落ちてきた。発光しながら宙に浮かぶそれは、依頼を引き受ける際、事前にヨアヒムと交わしていた契約書だった。

びっしりと事細かに記載された条件の中で、特定の文章だけが橙 色《だいだいいろ》に光りヨアヒムを導く。

「『依頼が完了した暁には、契約に関わったすべての人間から、今回の契約及びエリアス・クラテンシュタインの記憶を魔法により消去する』……、……こっ、こんな長文の中に紛れ込んだ条件など無効だ！　記憶の消去など承諾した覚えはない！」

「署名をしたあとでどれほど騒いでも無意味ですよ。これに懲りたら、今後魔術師に依頼をするときは契約書の隅々まできちんと読み込むことですね」

とはいえ、そんな失敗の記憶すら丸ごと消えてなくなるわけだが。

慌てふためくヨアヒムたちに冷たく言い放ち、エリアスはマントの裾を捲《まく》り腰に手を伸ばした。師から譲り受けた銀製の杖《つえ》を取り出す。石持ちは大概の魔法を杖無しで発動できるが、禁則魔法ともなるとさすがに杖を使って魔力の練度を上げなくてはならない。

「――契約は滞りなく完了した。記載された内容に基づき、記憶を書き換える」

杖の先端に魔力を集め、宙に浮く契約書目がけ一気に放出する。途端に羊皮紙からまばゆい光が放たれ、室内にいた男たちを飲み込んだ。

魔法の影響を受けた男たちは皆意識を失い、その場に崩れ落ちた。次に目を覚ましたときにはもう、コルネリウス侯爵家を騒がせたマリアンネの正体や、エリアスに別れさせ屋の仕事を依頼した事実すら忘れているはずだ。

仕事を終えたエリアスは、契約書を仕舞い玄関へ向かった。その一歩一歩が重く、思わず眉間に皺が寄る。禁則魔法は魔力の消費量が大きく、発動したあとは体が気怠《けだる》くなるのだ。

(記憶の改ざんが必須となる別れさせ屋の仕事など、できれば引き受けたくないのだが)

そもそも貴族の婚約を破談にすることで報酬を得るなど、いつ罪に問われても仕方のない行為だ。特権階級の剥奪どころか国外追放も免れない。そのため別れさせ屋として依頼を受ける際は、毎度依頼主の記憶を改ざんし、貴族の婚約破棄に自分が関与した形跡を消していた。

しかし対象者の調査や進捗報告のため依頼主と接触する中で、エリアスも気づかぬうちに、その姿を彼らの従者に目撃される場合がある。下位貴族の子息や令嬢である彼らによって、いつしか「一方的な婚約破棄が行われた家には〈紫水晶〉の魔術師が出入りしている」と社交界で噂されるようになった。

そんな話を聞きつけた貴族が、真偽を問わぬまま自分の目論見《もくろみ》を果たすべくエリアスに依頼し、また新たな目撃証言が増えて……と、その繰り返しだ。

(だがまあ、金になる仕事なのは間違いないからな)

いくらがめついと罵られようと気にしていられない。エリアスは多くの金を集める必要があった。

玄関扉を押し開きながら、認識阻害の眼鏡に手を伸ばす。しかしそれを目許に差す間もなく、外に踏み出した瞬間に身動きが取れなくなった。——足のすぐ下で、拘束魔法が発動していたから。

無論、すぐに解除の呪文を唱え逃亡しようとした。エリアスを確実に捕らえるための罠を仕掛けるなど、後ろ暗い仕事をしている立場からすれば嫌な予感しかしない。

しかし家の前で待ち構えていた人々が、それを許してくれなかった。

「〈紫水晶〉の魔術師、エリアス・クラテンシュタイン殿ですね。王女殿下より、あなた様を王城へお連れするよう賜《たまわ》っております」

呆然とするエリアスの目の前で恭しくお辞儀をしてみせたのは、気品ある団服に身を包む騎士だった。胸元に光る勲章から、王族の護衛騎士であることがうかがえる。

騎士の物腰はやわらかだが、向けられる眼差しには有無を言わさぬ力があった。後ろにも十名ほどの騎士が控えていて、一人の魔術師を呼びに来る規模の人員とはとても思えない。絶対に逃がさない、という無言の圧力を感じた。

　エリアスは背筋に冷たいものが走るのを感じながら、ぎこちなく首肯した。婚約破棄を依頼してきた人々は一連の記憶を失っている。冷静に対処すれば問題ない……と、自分に言い聞かせながら。

白い壁に連なる縦長窓から注ぐやわらかな陽光を眺めながら、エリアスは革張りの長椅子に腰かけていた。王城の一階にある応接間は上質な調度品が揃《そろ》っており、王族の気品と権威を感じさせる。

別れさせ屋の仕事をする際は、認識阻害の眼鏡と地味な出で立ちで存在感を消しているエリアスだが、今日ばかりは石持ちに相応しい衣服に身を包んでいる。黒のシャツは袖口がたっぷりと膨らんでいて、金糸の刺繍《ししゅう》と相まって優雅な印象を与えた。すっきりとしたスラックスと革のブーツも同じく黒色だが、ローブだけは深みのある紫色だった。

襟の開きを飾るブローチにはオーバル型のアメシストが使用されていて、こちらは特権階級〈紫水晶〉の証《あかし》として国王から賜ったものだ。

（……どうしてこんなことになった……）

エリアスが天を仰ぐ中、廊下側からコンコンと扉を叩く音がする。慌てて腰を上げると、華やかなドレスを身にまとった年若い女性が、数名の侍女や護衛騎士を従えて入ってきた。

淡い茶色の髪と猫のように大きな吊《つ》り目が特徴の彼女は、つい先日十六歳を迎え成人した、第一王女のカロリーナだった。

従者たちの他、カロリーナ王女は二十代と思《おぼ》しき三名の男性を連れていた。彼女は長椅子のそばまでやって来ると、ドレスの裾を摘み、エリアスに向かって優雅な膝折礼《カーテシー》をする。

「お待たせしました、クラテンシュタイン様。突然の申し出にもかかわらず、再度王城まで足を運んでくださり心より感謝いたしますわ」

「こちらこそ、お招きいただきましたことに厚くお礼申し上げます」

エリアスもまた、胸に手を当て深々とお辞儀をする。顔を上げた際に、ほんの一瞬カロリーナ王女と視線がぶつかった。彼女はゆっくりと瞬《まばた》きをしてエリアスに無言の合図を送り、それからすぐに斜め後ろに立つ男を振り返る。

白地に金色の配色で構成された金属製の防具を装着し、それと同色の腰布を身につけた彼は、革製の剣帯に脚の長さほどある長剣を差していた。鍔《つば》に入っている蔓《つる》状の紋様こそが、彼の身分を示す証と言えよう。

燃え盛るような赤髪と、筆で引いたような力強い眉が、彫りの深い目許に並ぶ金色の双眸を引き立たせている。夜空に浮かぶ星のような澄んだ色の虹彩《こうさい》に対し、黒々とした瞳はドキッとするほど力強い。爽やかでありながらどことなく男の色気を感じる、精悍《せいかん》な印象の美丈夫だ。

年の頃は同じくらいだが、防具の間から覗く腕や太股《ふともも》は、衣服の上からでも分かるほど張りがある。エリアスもどちらかと言えば背が高いほうだが、それよりもさらに目線が上だった。

エリアスと視線が合うと、彼は黄色の薔薇《ばら》が花弁をふわりと綻ばせるような、華やかでありながら親しみやすさを感じる笑みを見せた。

「この方が、先日お伝えしたジークハルト様です。十年前、神殿で行われた適合検査でただ一人聖紋《せいもん》が確認できた、マギシュタイラ王国の勇者様ですわ」

カロリーナ王女は、エリアスも同様に、〈紫水晶〉の魔術師としてジークハルトに紹介した。

「お初にお目にかかります。一介の魔術師という立場でありながら、伝説の勇者様とお話しする機会をいただき、光栄の極みにございます」

エリアスは形のいい唇に淡い笑みをたたえ、恭しい所作で礼をした。持ち前の華やかな美貌は世慣れた雰囲気を生みがちなので、初対面ではあえて優等生然とした振る舞いをすることにしたのだ。……彼の好みがどんな人物なのか分からなかったから。

（なにせ、この一週間どれほど手を尽くして調べても、勇者の恋愛遍歴はちっとも浮かび上がってこなかったからな）

憧れと喜びに目を輝かせる清純派魔術師……といった仮面の下で、エリアスは必死に彼の反応をうかがった。その演技を疑う素振りも見せず、ジークハルトはすっと右手を差し出してくる。

「まだ勇者としての使命を果たせていないので、『伝説の』などと言っていただける立場ではありませんが。僕たちのために時間を作っていただけたことを嬉《うれ》しく思います」

そう言って、ジークハルトは明朗な声音によく似合う、人好きのする笑顔を浮かべた。やわらかく綻ぶ目許も、きゅっと上がった口角も、なにもかも印象がいい。なるほど確かに、これは「気さくな好青年」と評されるわけだ。

握手を交わす二人を見つめ、カロリーナ王女は満足げに頷《うなず》く。その美しい笑みから、「うまくやりなさいよ」という無言の圧力を感じ、エリアスは密かに唾液を飲み下した。

＊＊＊

カロリーナ王女の護衛騎士によって、王城へ連れて来られたのは今から一週間前のことだ。人目に

つかない部屋に通され、カロリーナ王女と対面した際はいよいよ国外追放を覚悟したが、彼女の口から出たのは思いがけない言葉だった。

「十年前に復活した魔王については、あなたも当然知っていますね？　実は今、その魔王を再封印する計画が動いています。あなたには、魔王の足取りを追う勇者一行に同行し、彼らの手伝いをしていただきたいのです」

久しく耳にしていなかった話題にエリアスは戸惑う。「魔王」と「勇者」は、かつてマギシュタイラを絶望に陥れた存在と、それを打ち負かし王国に再び平穏をもたらした人物の名称だった。

今から四〇〇年前、建国して間もないマギシュタイラに、突如として降り立ったのが魔王だ。

黒い靄《もや》で包まれた体に、山羊《やぎ》のように曲がりくねった角とコウモリのような羽根を生やした魔王は、マギシュタイラを中心とする周辺国に強烈な邪気を放った。それは動物の一部を特異な性質や体軀《たいく》を持つ生き物――魔獣に変異させたのだ。

空を飛び口から火を噴くドラゴンや、人喰《ひとく》い鬼のオーガ、トカゲと蛇を融合した猛毒持ちのバジリスク等々……凶暴な魔獣によって王国には深刻な被害がもたらされた。

人類が滅亡の危機に瀕する中、救いを求めて祈り続けた神官に、一つの神託が下る。

『神殿に祀《まつ》られている清めの水晶に触れた際、額に青白い光を放つ蔓状の「聖紋」が浮かぶ人物を探せ。その者こそが、魔王を倒せる唯一の存在〈勇者〉である』――と。

そうやって、王国中を探しようやく見つかった勇者は、神による加護を受けていた。手にした武器はすべて聖剣に変わり、鍔《つば》に聖紋が浮かび上がった。刃先に光をまとうそれは、闇の存在である魔王を切り裂くことができる。

勇者の猛攻を受けて虫の息になった魔王は、左目を聖剣に貫かれ、とある洞窟に封印された。

魔王の邪気で穢《けが》れた土地からは多くの魔石が発掘され、マギシュタイラの復興を後押しした。魔獣は今も繁殖を繰り返しながら生存しているが、攻撃性の低い温厚な気質の魔獣はその力を見込んだ人間と共存し、凶暴な魔獣は冒険者に討伐依頼を出して、適度に折り合いをつけつつ生活している。

平穏な日々の中で魔王と勇者の戦いが風化しかける中、十年前、王国中へ衝撃的な報《しら》せが入った。禁足地に立ち入った何者かにより、魔王を封印している聖剣が引き抜かれたというのだ。四〇〇年の間錆《さ》びることなく輝き続けた聖剣は、噴出した邪気に当てられたのか、洞窟の中で朽ち果てていたそうだ。

「当時はすべての国民が魔王の再来に震え上がったことを覚えています。しかしこの十年間、魔王による被害が報告されたことはおろか、目撃情報さえ聞こえてこなかったはずですが……？」

おかげで、今や魔王の存在について気に留める者はほとんどいなくなり、人々はすっかり平和惚けしてしまっている。慎重に問うエリアスに対し、カロリーナ王女は「ええ」と頷いた。

「急を要する事態ではないのは確かです。だからといって、王国を危機に陥れる存在をそのままにはしておけないわ。王家は魔術師や魔道具師と協力しながら、魔王が発する邪気の発生源を感知してその居場所を特定する探知魔道具を十年かけて開発したのです」

そう言って、カロリーナ王女は懐中時計のような形状の探知魔道具を取り出した。方角を示す針を魔石で留めており、邪気の強さに応じて石が光る仕組みらしい。

封印が解かれたのと同じ年に血眼になって見つけ出した勇者は、神官による教育や騎士との戦闘訓練により、立派な戦士へと成長した。探知魔道具が十分な精度に至ったこともあり、満を持して魔王の再封印計画が始動したというわけだ。

だが、勇者・ジークハルトが連れている仲間は、十年前からともに修業に励んできた双剣遣いと修道士の二人のみ。両者ともその実力を認められた優秀な人材だと聞くが、王家としては、彼らだけでは戦力として心許ない……と結論づけたそうだ。

神に尽くすことで力を得た修道士が、主に回復や防御などを担う白魔術を操るのに対し、魔術師は魔王の力を分析・読解し、それを再構築した黒魔術が専門だ。白魔術とは異なり、黒魔術は攻撃や身体強化に特化していて、剣や槍などの物理的な攻撃が効かない魔獣にも効果があった。

旅の中で様々な魔獣と対峙《たいじ》することを考えれば、黒魔術を使える者を同行させるのは絶対条件と言える。優秀な人材であることは大前提として、研究一筋の魔術師よりも、様々な経験をしている術者のほうがより適しているだろう。

「……それで私に声をかけた、というわけですか？」

カロリーナ王女に対し、エリアスは露骨に怪訝《けげん》な表情を浮かべた。

高い能力ながら協会に所属していないエリアスは、一定以上の報酬さえ得られれば依頼を選り好みしない。これまでも何名かの冒険者と組んで魔獣を討伐した経験があった。

とはいえ、だ。無所属の魔術師は主に、庶民の生活を助けるために魔法を使いたいと願う慈悲の心にあふれた者か、もしくは他の魔術師と足並みを揃えるのが苦手な偏屈な人物かに二分される。エリアスがどちらなのかは言うまでもない。

渋面《じゅうめん》を作るエリアスにも、年若き王女は引かなかった。卓に両手を置き前のめりになって告げる。

「これは国王陛下にも内密の話なのだけれど……実のところ、魔王再封印の手助けをしてほしいというのはただの建前なの。あなたにはもう一つ、秘密裏に遂げてほしい任務があるのです」

「秘密裏の任務……？」

「わたくしと勇者様の婚約を阻止することよ。あなたの得意分野でしょう？　別れさせ屋魔術師、エリアス・クラテンシュタイン」

油断していたところで喉元に剣先を突きつけられ、エリアスは顔をこわばらせた。やはりカロリーナ王女は、「別れさせ屋」というエリアスの裏の顔について知っていたらしい。

彼女は得意げに口角を上げ、今回の依頼に至った経緯を説明し始める。

王族は幼少期のうちに婚約者を決めることが多いものの、カロリーナ王女の父は歴代国王の中でも柔軟な性格で、将来をともにする相手は本人の意思を尊重したうえで決めたいと常々語っていた。

しかし茶会を通じ様々な貴族の令息と対面させても、彼女が心惹かれる相手は一向に現れない。そうこうするうちにカロリーナ王女が成人年齢を迎えてしまったため、気の長い国王もいよいよ焦りを覚え始めたらしい。

魔王の再封印計画について宰相に相談する中、「勇者が無事任務をやり遂げた暁には、カロリーナに彼との婚約を勧めてみるのはどうだろうか」と口にするのを、彼女は偶然耳にしてしまった。

四〇〇年前に魔王を封印した勇者は当時の王女と結ばれた。二人は多くの国民から祝福を受け、幸福な人生を歩んだと言われている。ジークハルトも当時の勇者同様、容姿端麗で人柄や知性も申し分なく、彼ならば娘を幸せにしてくれると考えたのだろう。

「とはいえ、国王陛下はあくまで勇者様の気持ちを優先されるとおっしゃっていました。残念ながら現段階で彼と恋仲の相手はいないようだけど……美貌の魔術師と旅を続けるうちに、恋に落ちる可能性もなくはないでしょう？」

いかにも名案といった様子で語るカロリーナ王女に、エリアスは盛大な溜《た》め息《いき》をついた。げんなりとした顔を隠しもせず、首を左右に振る。

「変身魔法の持続時間は、どれほど高い魔力を持った魔術師と言えど半日ほどが限界です。旅の間、四六時中勇者様と一緒にいるというのに、彼の好みの相手に姿を変え続けるなど無理というものでしょう」

「あら、変身なんてする必要はないじゃない。あなたの容姿にまったく心動かされない人間など、この王国には存在しませんわ」

平然と答えるカロリーナ王女に、エリアスは眉間の皺を深くする。依頼対象者に対し素顔で近づくことには抵抗があった。

想い人がいるため王女との婚約はできない……と、彼女の望みどおりジークハルトが宣言したとして、自分の身元が割れていては依頼完遂後も逃げようがない。マギシュタイラ王国は性別を問わず結婚が可能なので、ジークハルトが情熱のまま「エリアスと恋仲だから」などと国王相手に口走ってしまえば、それこそ後戻りができず婚姻まで押し進められる可能性もある。

「別にいいんじゃないですか。勇者様は顔も性格もよい男なのでしょう？　王女殿下にお慕いする方がいらっしゃらないのであれば、婚約を前提に仲を深めるのも悪くないと思いますが」

すっかり断る気でいるエリアスは、投げやりな調子で提案した。すると、それまで強気だったカロリーナ王女が、みるみるうちに顔を真っ赤に染める。

前のめりになっていた体を元の位置に戻した彼女は、顔を俯《うつむ》けぽつりと漏らした。

「……どんなに想い合う相手がいたとしても、次期女王としての立場を考えれば、世継ぎを作れない相手との婚姻を望むことなんてできないわよ」

消え入りそうな弱々しい声音に、エリアスはなぜカロリーナ王女が婚約したがらないのかを察した。

恐らく彼女には女性の恋人がいるが、その人を国王に紹介できずにいるに違いない。王族であっても同性との結婚は可能だが、彼女の周囲には男性と婚姻を結ぶことを望む者がいるのだろう。だからといって愛する人との関係を断つのは思春期の少女には荷が重く、恋人を傷つけないよう目先の婚約話を避け続けている。

第一王女としての自分と、十六歳の少女である自分との間で彼女は揺れ動いているのだ。

（立場に縛られた人生を、不憫《ふびん》に思わないわけではないが……）

かといって、安易に引き受けられる依頼ではないのは確かだ。迂闊《うかつ》な行動を取れば、エリアスが勇者の婚約者にされかねない。

申し訳ございませんが……と、エリアスが口を開こうとした瞬間。それまで俯くばかりだったカロリーナ王女が、ぱっと顔を上げた。

「難しい依頼をしていることは重々承知よ。無事勇者様のお心を射止め、わたくしと彼の婚約を阻止してくれた暁には、普段の依頼料の三倍……いいえ、あなたが望むだけの報酬を支払うわ。たかだか十六歳の小娘の支払額など、と見くびらないでちょうだいね？　私財である鉱山や宝飾品を差し出すわ。それを売り払えば、そこらの貴族など足元にも及ばないほどの額を作れるはずよ」

瞳に確固たる意思を滲《にじ》ませ、カロリーナ王女は力強く告げた。覚悟を決めた人間の気迫にエリアスは気圧される。正直に言えば、「望むだけの報酬」という言葉にも随分と心を揺さぶられていた。

（王族から支払われる報酬なら、もしかしたら……）

依頼を引き受けることで生じる不利益と、膨大な額の金。エリアスがそれらを天秤《てんびん》にかけていることに、カロリーナ王女は気づいたらしい。ほんの少し前までしおらしい態度を取っていた彼女が、間髪をいれず捲し立ててくる。

「目的を達成するために使用した魔法について、わたくしは決して詮索しません。わたくしとの婚約をお断りしたあと、勇者様の想い人に対するお気持ちがどのように変化しようが、王家としては関与しないとも誓います。国王陛下にもそのように言い添えるわ」

つまり、禁則魔法を用いてジークハルトの恋心を改ざんしたとしても、カロリーナ王女は見ない振りをする……そう言いたいのだろう。

禁則魔法の使用条件を守らず不当に用いたことが知られれば、特権階級が剝奪されかねないため、依頼主の同意を得たうえで――ヨアヒムのように、ろくに契約書を読まずあとで慌てる奴《やつ》も多いが――記憶の改ざんを行っているが、今回に限ってはその工程を飛ばせるというわけだ。

（禁則魔法を用いて勇者の恋心を薄れさせれば、報酬を受け取ったあとは恋人ごっこを続ける必要もなくなる。それならば私の不利益もないか）

素顔を晒《さら》して依頼対象者に迫ることに、不安がないわけではない。それでもエリアスは結局、高額報酬に釣られカロリーナ王女の依頼を引き受けたのだった。

＊＊＊

魔術師を旅に同行させたい旨は、すでにカロリーナ王女からジークハルトたちに伝えられていて、まずは顔合わせをすることになっていた。

ジークハルトは気さくな好青年らしいが、エリアスがうっかり悪い印象を与えれば、彼の心を奪うどころか旅の同行すら拒まれてしまうだろう。まずはこの第一関門を突破しなくてはならない。

卓を挟んだ向かい側の長椅子には、丸眼鏡をかけた小柄な青年と、褐色肌と長身が特徴の男性がジークハルトと並んで座っていた。褐色肌の男性が茶器を手に取り口許《くちもと》へ運ぶが、すぐに「あちっ」と低い声を漏らす。それから無表情のまま顔を離した。

「……飲めない」

「まあ、お湯の温度が高すぎたのかしら。お取り替えいたしますわ」

エリアスの隣に腰かけていたカロリーナ王女が、部屋の隅に控えていた侍女を呼ぼうとした。それを、丸眼鏡の青年が慌てた様子で止める。

「だっ、大丈夫です。か、彼はひどい猫舌でして。そのくせなんでも迷いなく口をつけるので、紅茶を飲むときは開口一番『熱い』とこぼすのが癖みたいなもので……」

へへへ、とぎこちなく苦笑する彼——修道士のテオフィルは、勇者一行の中では最年少の二十二歳だ。白を基調にした修道士服に身を包んでおり、焦げ茶の猫っ毛と童顔のせいで実年齢よりも幼く見える。

緊張した面持ちを見せる彼とは対照的に、胸の上まで伸びた銀髪が褐色の肌に映える双剣士・ランドルフは、入室して以降ほとんど表情を変えていない。見た目年齢はエリアスと近いが、銀髪の間から尖《とが》った耳が覗いていることを思うと、実年齢は定かでなかった。

（通常のエルフは白い肌が特徴だが、彼の肌色から察するに、まず間違いなくダークエルフだろう）

エルフ族は人間より何倍も長命であり、容姿から正しい年齢を推測することは難しいとされている。エルフの近縁種であるダークエルフは、端整な容姿と恵まれた体軀を持ち、高い身体能力を誇る戦闘民族だ。ランドルフが身につけている防具は肩当てと胸当てのみで、全体的に動きやすさ重視の軽装だった。

依頼対象者であるジークハルトはエリアスの正面に座り、慣れた様子で二人のやりとりを見守っていた。彼はエリアスより一つ年下の二十四歳らしい。茶器を口許へ運ぶ姿は気品があり、防具に身を包んでいなければ、貴族の子息と勘違いしてもおかしくなかった。

「勇者様方は、随分と長いお付き合いであると伺いました」

エリアスが小首を傾げながらおずおずと尋ねると、ジークハルトは愛想よく微笑《ほほえ》む。

「ランドルフとはもう二十年近く、テオフィルとも十五年くらいの付き合いになりますね。二人とも頼りにしている幼馴染《おさなな じ》みなのです」

十四歳のときに勇者であることが判明してから、ジークハルトは教皇庁に引き取られ、魔王の再封印に向け剣術の修業に励んできたらしい。今回の計画が立ち上がったとき、ジークハルトが提示した条件が、幼馴染み二人を旅に同行させることだったという。

「僕が勇者だと分かると二人はとても喜んでくれて、この十年間、テオフィルは白魔術の、ランドルフは剣術の練習を独自に重ねてくれました。僕を手助けするためだと言って。本当に、感謝してもしきれません」

穏やかな調子で語るジークハルトの横で、テオフィルは照れくさそうに肩を竦める。

「伝説の勇者は僕やランドルフにとって憧れの存在だったんです。『ジークハルトがその役目を担うなら、僕たちも全力で支援しなきゃな』とランドルフと話して、それで決めました」

「俺は、ジークのように剣術の師匠がいたわけではなく、独学だが。……俺もテオも冒険者の適格試験を受け、相応の実力があることは証明されている」

淡々と説明し、ランドルフが焼き菓子をいくつか口に放り込んだ。リスのように頰《ほお》を膨らませる姿は、麗しい見た目とはちぐはぐな印象だ。テオフィルが「もっと行儀よくしてくださいよ」と彼の脇腹を小突く。

（すでに信頼関係ができあがっている三人の中に首を突っ込んだうえで、勇者の興味を引かないとならないのか。……これは意外と骨が折れる仕事かもしれないな）

親しげな三人を前に、エリアスは茶器を口許で傾けつつ必死に策を練る。皿の上にそれを戻すと、自分の容姿が儚《はかな》げな印象に見えるよう、寂しげな表情を浮かべた。

「うらやましいです。心から信頼できる仲間がそばにいてくれるなんて。お恥ずかしながら、私にはそのような友人がいないもので……」

ぽつりと漏らし、子供のように肩を竦めるエリアスに、ジークハルトが目を瞬かせた。

「姓があるということは貴族のご令息でしょう？　社交界での交流をお持ちなのではないですか？」

「クラテンシュタインの姓は、尊敬する師からいただいたものなのです。高位の魔術師は、一人前と認めた弟子に姓を与える権利がありまして。……私自身は、孤児院で生まれ育った庶民の出身です」

躊躇《ためら》いを含めた口調で打ち明けるエリアスに、テオフィルが驚いた様子で目を丸くする。ランドルフも茶器を片手に動きを止め、じっとエリアスを見つめていた。

口にした情報に嘘《うそ》はなかった。エリアスが八歳のときに、唯一の肉親である母が命を落としてからというもの、十四歳で魔術師に弟子入りするまで孤児院で育った。そこで親しくしていた者もいないわけではないが、山にこもって暮らす今となっては希薄な関係で、もう長い間顔を合わせていない。

普段は自ら口にすることはおろか、出身を尋ねられても適当にはぐらかしている。しかしジークハルトに対しては、包み隠さず伝えたほうが目的のためによいのではないかと思った。

案の定、意表をつかれた様子の彼は、少しの間のちしんみりとした表情を見せる。

「そうでしたか……決めつけてしまい申し訳ありません」

「どうかお気遣いなさらないでください。でも、できることなら他言しないでいただけると嬉しいです。庶民出身だと分かった途端、侮った態度で接してくる方もいらっしゃるので」

顔の前で慌てて両手を振りながら、最後は苦笑を浮かべ、しょんぼりと肩を落としてみせる。幸いなことに、エリアスの一連の言動はジークハルトの心をつかんだようだった。

「ええ、もちろん。……僕とランドルフは、実は元々貧困地域の出身なのです。けれどエリアスさんと同じ考えで、普段はあまり口にしないようにしていまして」

徐々に彼の口調が砕けてきたのを感じ、エリアスは心の中で「しめた」と悪い笑みを浮かべた。

カロリーナ王女から依頼を受けてからというもの、エリアスは必死に勇者一行の情報を集めたが、三人の出自についてはまるで情報がなかった。

修道士は俗世を離れる際に姓を捨てるものだが、テオフィル以外の二人も姓を名乗っていない。しかし、神殿に保護された貧困民というなら納得だ。

教皇庁は勇者の伝説を神格化して語っているため、信仰の対象としている者もいる。四〇〇年ぶりに誕生した勇者が低い身分の生まれだと知られれば、彼らの信仰心が薄れかねないと思ったのだろう。この世を救う者は、一分の隙もない超人でなくてはならないと考えたのだ。

もしジークハルトがエリアスと同じ理由で出自を隠しているのだとしたら、むしろそれを打ち明けたほうが彼の興味を引くのではないかと考えた。同じ苦労をしてきた事実は、少なからず共感の気持ちを抱かせる。

エリアスのそんな目論見は見事当たったらしい。茶器に二杯目の紅茶を注がれる頃には、ジークハルトはくつろいだ様子でエリアスとの会話を楽しむようになった。

「実を言うと、旅の仲間に魔術師を加えることに、元々はあまり乗り気ではなかったのです。貴族出身の魔術師も多いと聞くし、僕たちとは気が合わないんじゃないかと思って」

「確かに、気位の高い魔術師は私も緊張してしまいますね」

「大抵の魔術師よりエリアスさんのほうが格上でしょう？　威張っているくらいでちょうどいいのでは？」

「ふふっ。それほどの度胸を身につけたいものです」

ジークハルトの言うとおり、実際は堂々と威張っているのだが、そんなことは微塵《みじん》も感じさせない慎《つつ》ましい態度を見せる。エリアスが依頼を引き受けているのは教皇庁との関わりが少ない貴族が中心なので、金にがめついだの傲慢だのという評価は、彼らの耳に届いていないらしい。

話が一段落したところで、カロリーナ王女がおもむろに口を開いた。

「皆様、この短い時間に随分と打ち解けられたご様子ですわ。事前にお伝えしておりましたとおり、クラテンシュタイン様に旅の同行をお願いしてもよろしいでしょうか？」

視線を向けられたジークハルトは、にっこりと笑みを浮かべる。

「もちろんです。ぜひよろしくお願いします」

その返答に、エリアスは胸の中で「よしっ」と拳を握った。エリアスに対する雰囲気は友好的で、出だしは順調と言っていいだろう。テオフィルの雰囲気も穏やかで反対する様子はない。ランドルフは相変わらず無表情を保ち、中央の皿に盛りつけられた焼き菓子を黙々と減らしているが。

「クラテンシュタイン様もよろしくて？」

こちらをうかがうカロリーナ王女に、エリアスも「はい」と笑みを浮かべる。

「勇者様のお力になれるのでしたら、いくらでも……」

エリアスが返事をしようとした、まさにその瞬間。焼き菓子を摘むことにばかり意識がいっていたランドルフが、前のめりになった体で茶器を倒してしまう。

「ぎゃーっ！　なにやってんだランドルフ！　すみませんすみません！」

白い敷布に橙色の染みが広がっていく様に、テオフィルが青ざめた顔で悲鳴をあげた。反射的に彼が腰を上げたせいで卓にぶつかり、全体がガタッと揺れる。その振動で、茶器に注がれていた紅茶が大きく波打った。

侍女たちが飛んできて後始末をする中、エリアスに顔を向けたジークハルトが、なにかに気づいた様子で目を見開く。

「ごめんなさい。今の騒動で、襟に紅茶が跳ねてしまったようですね」

跳ねた雫《しずく》を拭おうとしたのだろう。ジークハルトが首元に手を伸ばしてくる。

その途端、エリアスの脳裏にとある光景がよみがえった。厳つい手に首を絞められ、苦しさに喘《あえ》ぐ十七歳の自分。それと同時に、鎖骨の間に走った痛みを伴う熱。

エリアスの中で生まれた怖気《おぞけ》は急激に膨れ上がり、彼に気に入られようと躍起になっていたことも忘れ、反射的にその手を払いのけてしまった。パシンッという乾いた音が応接間に響く。

「さ……――ッ！」

触るな、と咄嗟《とっさ》に口をついて出そうになった言葉を、エリアスはすんでのところで飲み込んだ。

しかし明確な拒絶の動作がなかったことになるわけではなく、その場にいた人々が驚いた様子でこちらに視線を向ける。エリアスは険しくなっていた表情を慌てて取り繕った。

「し……失礼しました。憧れの勇者様の前で緊張しておりまして、つい……」

別れさせ屋として培った演技力を使い、男慣れしていない初心《うぶ》な青年を装う。せっかくまとまりそうだった話が白紙になってはまずい。

焦りを募らせるエリアスを、ジークハルトは叩かれた手を宙で止めたまま、ぽかんとした様子で見ていた。数秒の間ののち、卒のない微笑みを浮かべる。

「こちらこそ、驚かせてしまいすみませんでした。改めまして、どうぞよろしくお願いします」

紳士的に手を差し伸べてくるジークハルトに、エリアスは心の底から安堵《あんど》する。……一瞬の沈黙が気にならないわけではなかったが。

（とにかく、依頼遂行の第一関門は突破したというわけだ）

さあ、この品行方正な勇者の心をどうやって射止めてやろう。

華やかな美貌の下でそんなことを考えながら、エリアスはにこやかに手を握り返した。

旅の準備を整え、ジークハルトたちとともに王都を出立したのは、それから十日後のことだった。

魔王の邪気に反応して方角を指し示す探知魔道具に従い、王国の南西を目指していた一行は、とある森で、緑色の肌と豚のような顔が特徴の人型魔獣・オークの群れと対峙していた。先頭に立ったエリアスは、ドタドタと地面を踏み鳴らしながら駆けてくる敵に対し、すっと右腕を伸ばす。

「近隣の村を荒し、被害を及ぼしているあなた方を見過ごすわけにはいきません」

真剣な面持ちで告げ、手のひらで円を描くと、オークの周囲に突風が巻き起こる。二十ほどにもなるオークの群れが慌てふためくうちに、強烈な風の渦は彼らを飲み込み宙に舞い上げた。樹頭よりも高い位置まで連れていかれたところで唐突に風が止み、直後、巨体が次々に落下してくる。

為《な》すすべなく地面に叩きつけられたオークたちは、『グブッ』と鈍い声を漏らし動かなくなった。

（まあ、こんなものか）

魔術に長《た》けたエリアスにとっては造作もないことだ。しかし駆け寄ってきたテオフィルは、きらきらと目を輝かせ尊敬の眼差しを寄越した。

「すっ……ごいですね、エリアスさん！　あれほどの威力の魔法を、杖を使わないどころか詠唱もなしで発動させるなんて！　石持ちは他の魔術師と比べものにならないほど優秀な術者ということは分かっていたつもりですが、まさかこれほど完璧な魔力制御をされるとは予想できませんでした」

熱弁を奮うテオフィルに、エリアスは「大袈裟ですよ」と恐縮してみせる。しかし内心まんざらでもない気分だった。ジークハルトとランドルフも遅れてその輪に加わる。

「やっぱりエリアスの魔法はすごいんだな？　エリアスが仲間に加わってから、いつも先陣を切って魔獣を倒してくれるおかげで、僕たちが戦闘に臨むことはほとんどなくなった……とは思っていたのだけど」

「魔法についてはよく分からない。剣士よりも戦力になるということか？」

「だ〜もうっ、これだから脳筋肉弾戦野郎は！　いいですか⁉　そもそも魔術師というのは、己の中の魔力を細かく調整することによってですね……」

興奮した様子のテオフィルが熱っぽく語る中、エリアスは隣に立っているジークハルトを横目でうかがった。その視線に気づいた彼が、「ん？」と首を傾げる。

「私、勇者様のお役に立てていますか……？」

エリアスは頰を赤らめて控えめな笑みを浮かべ、ジークハルトの腕に指先でおずおずと触れた。殊勝な、けれど明確な好意が滲む仕草は、別れさせ屋としての仕事でよく使うものだ。

今までの依頼対象者であれば、その言動に分かりやすく喜んだり、赤面しながらも必死に取り繕ったりしていた。けれどジークハルトは人当たりのいい笑みを浮かべるばかりで、エリアスの行動に心を揺さぶられた様子はない。

「もちろんだとも。攻撃魔法とはこれほどすごいものなのかと驚かされっぱなしさ。大勢の魔獣を一網打尽にできるあたり、本当に助かっているよ」

卒のない褒め言葉を並べつつ、さりげなくエリアスと距離を取る。そのままテオフィルとランドルフの会話に交ざった。親しい幼馴染みたちの和《なご》やかな光景を前にしても、エリアスの心に募るのは苛《いら》立《だ》ちばかりだ。

（私に好意を向けられていることに気づいていないのか、それとも分かったうえで気づかない振りをしているのか……。どちらにしろ、腹立たしいのは変わりない）

王都を出発してからすでに二週間が経過している。その間、エリアスは毎日のようにジークハルトに色目を使ったが、彼がなびく様子は一向に見られなかった。数々の男女を魅了してきた別れさせ屋の矜持《きょうじ》が傷つくほどに。

（やはり、勇者好みの容姿や人となりについて調査できなかったのが痛手か。これほど手応えのない状況はいまだかつてないぞ）

自分の容姿に心動かされない人間などいなかったのではないか、とカロリーナ王女に詰め寄りたくなる。また、エリアスを苛立たせている要因は他にもあった。

テオフィルが浄化魔法を使い、オークの亡骸を無に帰す中、ジークハルトは斜め上に視線を向けて思案し始める。

「オークの群れの討伐はこれで終わりだろう？　あとは村に報告に行くついでに、頼まれていた薬草を採取して、橋が壊れてないか確認して……」

指を折りながら数えているのは、森に入る前に村人から預かった頼まれごとだ。そこにランドルフが、「アブラトビネズミの体液採取もしないと」と付け加える。三人とも、本来の目的以外の用事を果たすことになんの疑問も抱いていない様子だった。

「あの……こういったお願いごとは、本来ならば冒険者を雇って依頼するべき内容ではないですか？　オークの討伐だって、それほど急を要しているようには見えませんでしたし……」

片手をそろりと上げ、エリアスはぎこちない笑みとともに告げた。ジークハルトとしてももっともな意見だと思ったらしく、ばつが悪そうに肩を竦める。

「頼まれるとつい断れなくてね。魔王の再封印についても一刻を争う事態なわけではないと言われているし、少しくらい寄り道しても平気かなと思って」

確かに、魔王の目撃情報も被害報告もいまだ聞こえてこないため、再封印を急いでいるわけではない……というのが現状だ。邪気の反応が移動しているため、魔王の魂がこの世に放たれているのは事実だが、実体を現すには至っていない可能性もある。

「地元住民からすれば、ちょっとした記念みたいな意味合いが強いでしょうね」

と、腕組みして苦笑を漏らすのはテオフィルだ。

「伝説と言われていた勇者がこの時代に生まれたのです。そんな人物の偉業の一端に加わり、語り継ぎたいと考える人は少なくないのでしょう」

理解しがたい理由に、エリアスはもう少しで「はあ?」と声を漏らしそうになった。けれどテオフィルの隣で、ランドルフが深く頷く。

「勇者は自身の利益を顧みず、人々のために心を砕く聖人のような人物として語られている。伝説と違わぬすばらしい人だったと実感したいのだろう。その気持ちは分からなくもない」

「ですねえ」

のほほんとした調子の二人を前に、エリアスは鳩尾《みぞおち》に力を込め、湧き上がった憤りをぐっと堪える。それ以上の抗議を諦め、「そうでしたか」と微笑むが、内心では腸《はらわた》が煮えくりかえっていた。

（村人の心を満たすために不必要な用事をこなしているだと……？　冗談じゃない。お前たちは急がないかもしれないが、私は一刻も早くこの旅を終えたいのだ）

今のエリアスは、ジークハルトに好かれるよう四六時中気を張っている状態だ。別人に変身していたときは気にならなかったが、素顔を晒したまま性格を偽り、清純派の演技をすることも予想以上に精神を摩耗させる。募った苛立ちが爆発し、いつどこでぼろを出してもおかしくなかった。

エリアスの心境など知る由もないジークハルトは、行く先々で愛想よく振る舞う。そのせいで「気さくで懐の広い勇者」と思われ、村人たちは「もし可能であれば……」という前置きを添えてあれこれ頼みごとをしてきた。それらを嫌な顔せず無償で引き受けるので、どこへ行っても奉仕活動をさせられ、必然的に旅の進みが遅くなっている。

別れさせ屋の仕事が捗《はかど》らない焦りと、本来の自分とは違う振る舞いを強いられる生活。そんな日々に終わりが見えないことが、より一層エリアスを疲弊させた。

（魔王の再封印が完了するまで……などと悠長なことは言っていられない。私の心の安寧のため、一刻も早く王女殿下の依頼を達成し、報酬を得る必要がある）

そのあとは適当な理由をつけ、勇者一行から離脱してしまおう。カロリーナ王女がエリアスに望んでいるのは、ジークハルトの心を手に入れることだ。それさえ果たせれば、魔王の再封印を手助けする魔術師が誰であろうが関係ない。

そう考えたエリアスは、強硬手段に出ることにした。禁則魔法の一つ――「魅了」を使って、ジークハルトを誘惑する計画を立てたのだ。

魅了はその名のとおり、相手の意思とは関係なく、その心を惹きつける魔法だ。魔獣に使用すれば攻撃を止めさせることができるが、対人間に術を施すことは原則として禁止されている。

記憶の改ざん魔法とは違い、「互いに同意のうえだった」という言い訳もできないため、これまでの依頼でも使ったことはなかった。明らかな違法行為をすることに抵抗がないわけではないが、カロリーナ王女は目的達成のために使用する魔法について「詮索しない」と言っていた。やましい行為があったとしても見逃してやる……そういう意味だと捉えて問題ないだろう。

数日後、ようやく村を発《た》った一行は、日が暮れて山で野宿をすることにした。就寝場所に防御魔法を張ったうえで、二人一組で見張りを行う。先に寝ることになったのはテオフィルとランドルフだ。

二人が寝入ったのを見計らい、エリアスは周囲の見回りをすると嘘をついてジークハルトのもとを離れた。十分な距離を取ってから、腰から下げていた銀の杖を取り出す。真っ暗な山の中で茂みの陰に身を潜めると、杖先に意識を集中させ、血とともに体を巡る魔力を慎重に練り上げていく。

「——……瞳から伝わる濃密な愛で、かの者を私の虜にせよ」

頭の中にジークハルトの顔を思い浮かべながら呪文を詠唱すると、杖先からじわじわと桃色の光が漏れ出て、エリアスの全身を包んでいく。頭の天辺から爪先まで温かな魔法で満ちていくのを感じ、エリアスは杖を下ろした。短く息を漏らすと、ついでに変身魔法を重ねがけする。

覚悟を決め、エリアスは元来た道を戻っていく。木の根元にあぐらをかいたジークハルトは、エリアスを見上げ「なにも問題なかったか？」と朗らかに尋ねた。

「はい。でも少し体が冷えてしまって……」

エリアスは含みのある声を漏らすが、ジークハルトは顔色を変えることもなく「秋の山は気温が低いからな」とランタン形の魔道具を二人の間に置き直す。蓄光と蓄熱の機能を備えたそれは、照明としてのみならず携帯用の暖房器具としても使用できる。

しかしジークハルトの隣に腰を下ろしたエリアスは魔道具をそっと押し退《の》けた。彼の腕に己の腕を絡めて体を密着させ、ジークハルトにしなだれかかる。

さすがのジークハルトも、この露骨な行動には動揺を示した。

「え……っと、エリアス……？」

「勇者様……いえ、ジークハルト様」

甘い声で彼の名前を囁くと、エリアスはおもむろに顔を上げた。ジークハルトの頬を両手で包み、自分のほうを向かせる。

瞬きをせず、目を潤ませて見つめていると、ジークハルトが微《かす》かに息を呑《の》むのが分かった。その金色の虹彩がゆっくりと桃色に染まっていく。魅了の魔法にかかった証拠だ。

「私、もっとジークハルト様と親しくなりたくて……」

視線を絡めたまま、エリアスは己の襟元に手を伸ばし、シャツの釦《ボタン》をゆっくりと外していく。

顔の左側をランタンの光に照らされる中、ジークハルトがごくりと喉を鳴らすのが分かった。彼の目にはきっと、エリアスの艶やかな首元が映っているはずだ。

「……私の隅々まで、あなた様に知ってほしいのです」

熱っぽい声で誘い、エリアスはジークハルトの手を取った。釦を半分ほど外した胸元へ導いていく。

革の手袋をまとった指が小さな突起に触れて、エリアスは「んっ」と悩ましげな息を漏らした。途端にジークハルトの体に力が入る。

このまま一気に情事になだれ込もうと考え、エリアスはおもむろに腰を上げた。あぐらをかくジークハルトの太股に跨《また》がり両手を肩に置く。顔を寄せると、すぐそばで彼が息を呑むのが分かったが、魅了の魔法が効いているようで拒む気配はない。

エリアスはまぶたを伏せ、そのまま唇を重ねた。角度を変えながら何度も合わせ、やわらかな皮膚に吸いつくと、ジークハルトの肩がぴくりと跳ねる。いまだ混乱している様子はあったが、やがて彼も口付けに応え始めた。

舌先で唇をなぞりながら、濡《ぬ》れたそこをしっとりと啄《ついば》む。とろりと溶かすような甘いキスは、いかにも貴公子然とした彼らしい。唇の隙間からあえかな声を漏らしながら、エリアスは勝利を確信し、胸の内でしたり顔を見せていた。

（いいぞ。このまま欲望に流され、私を抱いてしまえ）

魅了の魔法の持続時間はせいぜい一時間ほどだが、魔法が解けたあとも、その間の記憶は残り続ける。一夜の過ちで仲間と体の関係を結んだとなれば、品行方正な好青年として知られるジークハルトとしては、カロリーナ王女との婚約を承諾する気になれないはずだ。

革手袋に覆われた手が首元に伸びてきて、普段はシャツの襟で隠れている喉をつうっとなぞる。そのまま首筋に手を這《は》わせた。初対面のときと同様、ぞわっとした感覚に肌が粟立《あわだ》ち、エリアスは堪《たま》らず口を開く。

「あの、ジークハルト様。そこは……その、くすぐったいので……」

もじもじしながら身を引こうとするが、伸びてきた腕に腰を抱かれ、逃げることは叶《かな》わなかった。

「くすぐったいということは敏感なんじゃないか？　もう少しだけ触らせてくれ」

エリアスの唇に吸いつきながら、ジークハルトは執拗《しつよう》に首を撫《な》で回す。

鎖骨の間を親指の腹で擦《こす》られると、思わず体が跳ねた。今は変身魔法で消えているはずの、とある印がある場所だ。その程度で魔法が解けるわけではないものの、触られた事実に身が竦む。

しかし彼はそれを「性感を得た」と判断したらしい。手のひら全体で首に触れられ、エリアスはより一層焦りを募らせた。

「待って、ジークハルト様……っ」

「大丈夫。僕に身を任せてくれればそれでいい」

「そ、うしたいところなのですが……！」

首に触れてほしくないエリアスと、やたらと首に執着するジークハルトで攻防を繰り返すうち、いよいよ苛立ちを抑えきれなくなる。

「〜〜ッ、止《や》めろと言っているだろうが、この童貞！」

エリアスは不快感に顔を歪め、ドンッと音を立てて彼の肩に拳を振り下ろした。いつにない剣幕で声を荒げるエリアスに、ジークハルトが目を見開く。

二人を包んでいた熱っぽい空気が急激に冷えていくのを感じ、エリアスは「やってしまった」と表情をこわばらせた。咄嗟《とっさ》に手を振り払ったときでさえ、本音を漏らすことはなんとか抑えたのに、ジークハルトの前でとうとう本来の自分を見せてしまった。

啞然とするばかりだったジークハルトが、ふいに顔を背ける。細かく震える肩を見て、怒らせたのだと思い背筋が冷えた。けれど、すぐにそれが勘違いであることに気づく。

唇を嚙《か》みしめ、にやつきそうになるのを懸命に堪えていたジークハルトは、やがて喉奥から「くくっ」と低い笑い声を漏らし始めた。誤魔化しきれないと思ったのか、呆然とするエリアスの前で大笑いし始める。

「やっぱりそっちが素だったか！　顔合わせの席で俺の手を払いのけた瞬間に、『この人、本性を隠してるんだな』と思ったんだよな」

精悍な顔をくしゃりと崩し、おかしくて仕方ないとばかりに肩を揺らす姿は、品行方正な勇者のそれとはまるで様子が異なる。どちらかと言えば、町のやんちゃな青年といった印象だ。

雰囲気が一変したジークハルトに戸惑う中、桃色に染まっていたはずの彼の双眸が、元の色に戻っていることにエリアスは気づく。

「お、お前、魅了の魔法はどうした!?」

前のめりになって胸に人差し指を突き立てると、ジークハルトが「ああ、あれ魅了だったのか」と気の抜けた調子で返した。

「勇者が神の加護を受けてるのを知らないのか？　四〇〇年前の初代勇者は毒や病魔への耐性があったみたいだが、俺に与えられた加護も同じ、どんな魔法も無効にしてくれるものなんだよ。禁則魔法のような強烈な力であったとしてもな」

つまり、彼にはまったく魔法が効いていなかったわけだ。エリアスが呆然とする中、ジークハルトはにやにやと口許をゆるめながら続ける。

「初心な振りをしている魔術師が、どんな裏の顔を隠してるのか気になっててさ。首を触られるのが嫌みたいだから、あえてそこにばかり手を伸ばしたんだ。もう一度、あの感情が剝《む》き出《だ》しの顔を見せてくれないかなーと思ってたんだけど……大正解だったみたいだな」

目論見が当たったことに喜ぶ顔は、内側から滲むような雄の色香が漂っていた。嫌がると分かっていて同じ行為を繰り返すなど、なかなかの性悪だ。お綺麗な勇者様のように振る舞っていたが、こちらが彼の本性なのだと察し、エリアスは羞恥《しゅうち》と憤りで一気に顔が熱くなる。

ジークハルトの膝から飛び降りたエリアスは、彼の眼前に人差し指を突き立てた。

「私を騙《だま》していたのか、この嘘つき勇者！」

「騙してたのはあんたも同じだろ？　むしろ禁則魔法まで使ってくるあたり、そっちのほうがたち悪いと思うけど」

あと俺、童貞じゃねえし。などと付け加え、涼しい顔で言い返してくるジークハルトに、エリアスはますます苛立ちを募らせる。ぎゃあぎゃあと一方的に捲し立てていると、ジークハルトの背後から「あのー……」と声がした。

「どういうことか説明してもらってもいいです……？」

と、木の陰から顔を覗かせていたのはテオフィルだ。その上にはランドルフの顔もある。エリアスの怒声により、いつの間にか二人とも目を覚ましていたらしい。

エリアスは衣服の乱れを直しながら、ジークハルトを誘惑しようとした理由を不承不承語った。別れさせ屋として、数々の婚約破棄に関わってきたこと。今回の依頼主はカロリーナ王女で、ジークハルトとの婚約を避けるため、彼の心を奪ってほしいと頼まれたこと。

「なるほどな。だから一生懸命俺に色目を使って、既成事実を作ろうとしたのか」

頭の後ろで手を組み、納得した様子で頷くジークハルトに、エリアスはチッと舌打ちする。やはり好意を向けられていることに気づいたうえで流していたのか。

「魔法が効かないのなら、私の誘いに乗ってキスをする必要などなかったはずだが」

「こんな美人魔術師が色気たっぷりに誘ってきたら、さすがに乗らないわけにいかないだろ？　ほら、東の国では『据え膳食わぬは男の恥』なんて言葉があるっていうし？」

「お前は生まれも育ちもマギシュタイラだろう。都合のいいときだけ異国の考えを持ち出すな」

「痛烈だなあ。奥ゆかしい清純派魔術師とは全然違う性格してて面白いんだけど」

鋭い言葉で突き放しても、ジークハルトは余裕ある態度で言い返してくる。

言葉の応酬を繰り返すエリアスとジークハルトを、テオフィルはなにか思案する様子で見守っていた。やがてひょいと片手を上げる。

「話を戻しますけど、つまりエリアスとしては、自分が暗躍したことによってジークハルトと王女殿下の婚約を阻止できた……という流れになればいいんですね？」

がらっと態度を変えたエリアスにも、テオフィルは戸惑う様子も幻滅する様子も見せなかった。これまでと変わらぬ調子で話しかけてくる彼に困惑しつつ、エリアスは「そのとおりだ」と答える。

顎に指を添え、また少し口を閉ざしたテオフィルが、ちらりとジークハルトを見やった。

「ジークハルトは、カロリーナ王女殿下との結婚に興味はあります？」

「ねえよ、そんなもん。王族になって窮屈な生活をするなんてまっぴらごめんだし、王女殿下だって最近成人したばかりで、まだ子供と変わらないだろ。結婚相手になんて考えられない」

「ですよねえ」

げんなりとした様子で告げるジークハルトに、テオフィルは分かっていたとばかりに頷く。改めてこちらに顔を向けた彼は、その幼顔には不似合いな、含みのある表情を見せた。

「ねえ、エリアス。僕たちと手を組みませんか？」

「……手を組む？」

「このまま旅に同行し、魔王の再封印を手助けしてほしいのです。そのかわりに、ジークハルトにはエリアスが望むとおり、国王陛下の前で『想い人がいるので王女殿下との婚約はできかねます』と宣言してもらいましょう」

人差し指を立て、意気揚々と説明するテオフィルに面食らう。ジークハルトはにやりと口角を上げ、「それいいな」と笑うが、エリアスはすぐには了承できなかった。自分にとってあまりに虫のよすぎる話に、喜びよりも警戒心が勝る。

「なぜそうまでして私を同行させたがる？　猫を被って勇者に取り入ろうとした男だぞ？」

「ジークハルトはこのとおり、清廉潔白な勇者と呼ぶには少々性格に難ありなので、むしろあなたの猫被りが判明してほっとしました。今後はジークハルトも本来の性格を隠さずに済みますし」

「……人間に対し魅了の魔法を使ったことについては？」

「この王国で、禁則魔法を発動できる魔術師はごく一握りです。それだけエリアスが優秀だという証じゃないですか。実際、エリアスが仲間に加わってから戦闘がとても楽になりましたから」

つらつらと言葉を重ねられ、エリアスは押し黙った。顔立ちが幼いせいか頼りなげな印象だったが、案外と頭が切れる修道士だ。エリアスが本性を露《あら》わにしても戸惑わないのは、彼もまた、エリアスに裏の顔があることに勘づいていたからかもしれない。

どうしたものかと思い悩むエリアスの顔を、ジークハルトが上体を傾けて覗き込んでくる。

「いいだろ？　俺は王女殿下との婚約を堂々と断れるうえに、優秀な魔術師と一緒に快適な旅ができる。エリアスは、標的にしていた相手を口説き落とせるかと気を揉《も》む必要もなく、高額な報酬を手に入れられる。どちらにも利益がある話だ」

まんまと口車に乗せられたようで悔しいが、彼の言い分は正しかった。四六時中しおらしい演技をせずに済むなら、これまで感じていた精神的苦痛からも解放される。

「……分かった。その話に乗ってやる」

悩んだ末、エリアスは不服そうにしながらも了承した。途端にテオフィルの表情が明るくなる。エリアスたちのやりとりを無言で見守っていたランドルフも、ほっとしたように肩の力を抜くのが見て取れた。

「交渉成立だな」

ジークハルトは白い歯を覗かせ、得意げに右手を差し出してくる。握手を求められているのは分かったが、被っていた猫を取り払った今、友好的な態度を取ってやる必要はない。

無視しようとそっぽを向いた瞬間、ふいに視界がぐらりと揺れた。禁則魔法を使った反応が遅れて出たらしく、全身の力が抜ける。そのままくずおれそうになったが、ジークハルトが咄嗟に腕を伸ばしてきて、エリアスの体を正面から抱き留めた。

「積極的な美人魔術師が仲間になってくれて嬉しいな」

飄々《ひょうひょう》とした調子の声が降ってきて、エリアスは眉を寄せる。

「今のはわざとじゃない。ただの不可抗力だ」

「なあ。俺、言ってなかったんだけどさ」

エリアスの主張を無視し、ジークハルトがどこか楽しげに続けた。エリアスが顔を上げると、すぐそばで視線がぶつかる。抱きしめられているせいで随分と距離が近い。

エリアスを見下ろしたジークハルトは、真顔で瞬きをしたのち、ふっと目許をゆるめた。星を閉じ込めたような双眸に熱が宿り、匂い立つような色香が湧き上がる。

次の瞬間には、ジークハルトに唇を奪われていた。

軽く触れ合わせるだけですぐに離れていったそれに、エリアスは目を見開いたまま硬直する。その光景を間近で見ていたテオフィルとランドルフは、「おお……」「大胆だな」となぜか感嘆していた。

唖然とするエリアスを腕に抱いたまま、ジークハルトは悪戯《いたずら》が成功した子供のように、屈託のない笑みを見せる。

「純真無垢《じゅんしんむく》なかわい子ちゃんより、いくら口説いてもちっとも落ちてくれなそうな強気美人のほうが断然好み。これからよろしくな？　勝ち気で綺麗な別れさせ屋魔術師さん」

そう言って再び顔を寄せてくるので、エリアスは「調子に乗るな！」と強引にジークハルトの体を引き剝がした。報酬に釣られた結果、厄介な男と関わってしまったかもしれない……と、己の決断を早くも悔やみながら。

ジークハルトたちにエリアスが本性を明かしてから、数日が過ぎた。

道すがら立ち寄った村で、村長の自宅に泊めてもらった翌朝。先に身支度を調えたジークハルトたちが客室を出て行く中、エリアスはいまだ室内に留《とど》まり、壁かけの鏡の前に立っていた。

静かになった部屋の中で、黒色のシャツを第二釦まで外す。襟元から覗く細い首の、すぐ下……鎖骨の間に、刺青《いれずみ》に似た紋様が刻まれていた。人差し指の第一関節ほどの長さしかない短い鎖が、くぼみの上で十字に交差している絵柄が。

「……──」

忌々しげに舌打ちをしたエリアスは、釦をすべて留めアメシストの襟留を装着すると、寝台に置いていた紫色のローブを羽織った。客室をあとにし、ジークハルトたちのもとへ向かう。

すでに外に出ていたジークハルトとテオフィルは、玄関扉の先で多くの村人に囲まれていた。白髭《しろひげ》を蓄えた老齢の村長が、二人に向かって何度も頭を下げる。

「小さな村ゆえ、なんのおもてなしもできなかったというのに……魔獣討伐ばかりか農作業の手伝いまでしていただき、どれほどお礼を申し上げたらいいのか分かりません」

恐縮しきりの村長の肩を、ジークハルトはそっと抱え起こす。おずおずと顔を上げた村長に向かって、一分の隙もない品行方正な勇者の顔を見せた。

「困っている方がいらっしゃれば、手を差し伸べるのが勇者の役目です。それに皆さんとともに汗を流し、収穫の喜びを味わうことができて、僕にとってもとても得がたい経験となりました」

好印象しか抱かれない完璧な笑顔を浮かべ、ジークハルトは朗々と語る。理想の勇者像を具現化したような言動に、村人たちは顔の前で手を合わせ「さすが勇者様だ……」「伝説に違《たが》わぬお人柄だわ」と口々に言った。年若い女性に至っては、頬を染めうっとりと見つめるほど彼に心酔している。

その横を、エリアスはげんなりした表情を浮かべ通りすぎた。本来は俗っぽい口調の、本性を現したエリアスを見て大笑いするような性悪だというのに、よくもまあ恥ずかしげもなく聖人ぶれるものだ。……と、自分もまた清純派の仮面を被っていたことを棚に上げて考える。

ランドルフはジークハルトたちのもとを離れ、集落の外れに一人ぽつんと立っていた。彼に合流するべくそちらに足を向けると、進行方向から小走りにやってきた数人の村人が、エリアスを見て足を止める。

しかしエリアスが目指している場所を悟ると、こそこそと内緒話をし始めた。

「あそこに立っているの、ダークエルフよね？　野蛮な種族の……」

「勇者様のお仲間と聞いたが、そんな奴を連れていて大丈夫なのか？」

村人との距離を考えると、彼らから訝しむような眼差しを向けられていることに、ランドルフも気づいているはずだ。それでも彼は平然としていて萎縮する素振りを見せない。こういった言動をされることに慣れているのだろう。

この世界には人間の他に、人と獣の特徴を併せ持った種族の獣人や、成人男性の腰ほどまでの背丈のドワーフやハーフリングなど、多種多様な種族が暮らしている。エルフもその一種で、基本的には人里離れた場所で生活しているが、近年は人間社会に溶け込んで日常を過ごす者も増えてきた。

近縁種のエルフは聡明な種族として尊敬の念を集めるものの、生まれながらにして高い身体能力を持つダークエルフは、蛮族として長い間蔑まれてきた。この十年ほどで随分と相互理解が進んできたと言われているが、地方にはいまだ差別意識が根強く残っているらしい。

（肌の色の違いでこうも態度を変えるなど……くだらない）

エリアスが鼻白んだ表情を向けると、村人たちは焦った様子でそそくさとその場を立ち去った。顔を顰《しか》めたままエリアスはランドルフへ近寄っていく。隣に並ぶと、彼は不思議そうに目を瞬かせた。

「ジークやテオと一緒にいなくていいのか？」

「別に。私はあの男と違い、無闇矢鱈《むやみやたら》と笑顔を振りまく必要などないからな」

腕組みをしたエリアスは、ランドルフの顔を見ないまま吐き捨てるように告げる。ランドルフはいつもどおりの無表情のまま、「そうか」とのんびりした調子で答えた。ダークエルフ特有の見目麗しい男だが、口を開くと案外とぼけた一面がある。

ややあって、テオフィルが「そろそろ出発いたしますねー！」と声をあげて村人に道を開けさせ、ジークハルトとともに人だかりを脱した。

ジークハルトは颯爽《さっそう》と、テオフィルはぺこぺこと村人に頭を下げながらこちらへやって来る。エリアスの隣にジークハルトが並び、その後ろをテオフィルとランドルフが続く形で歩き出した。

見送りの声が耳に届く間は、にこやかに手を振り返していたジークハルトだが、彼らの姿が視界から消えると「ふー……」と盛大に息を吐いた。聖人君子のような勇者の顔から一変し、眉尻を下げて困り果てた様子を見せる。

「別に農作業の手伝いくらいするけどさあ、さすがに『勇者様がこちらの村へ向かっていると聞き、収穫を遅らせておきました！』ってのはちょっとおかしくないか？　俺が到着するまでに、雨に濡れて味が落ちる作物が出てきたらどうするんだよ」

彼が吐露した本音は、村人から話を聞かされた際、エリアスもまた思っていたことだ。彼らの主張がちっとも納得できなかったため、収穫作業には参加しなかったのだが、笑顔で手伝っていたジークハルトも同じ点に引っかかっていたらしい。

「気に食わないならそう言えばよかっただろう。旅の目的はあくまで魔王の再封印なのだから、緊急性のない要求まで受け入れる必要はない」

隣を歩く男を横目で見ると、彼は首の後ろに手を当て、「うーん」と曖昧な返事をする。

「そういうわけにもいかないんだよなあ。勇者ってのは、この王国の希望の象徴とされてるからさ」

「希望の象徴？」

エリアスが聞き返すと、背後から「そうだ」という返事があった。声の主はランドルフだ。

「四〇〇年前に現れ、魔王の脅威から国民を守った勇者は、やがて『絶望するすべての人々を救い出す救世主』として語られるようになった。勇者のように清廉な心を持ち、愛を持って接すれば、いずれ必ず救われる日が来る……。そんなふうに、苦しい生活を送る人々の心の支えとなっている」

普段は口数の少ないランドルフが、饒舌《じょうぜつ》に語る姿にエリアスは戸惑う。彼の表情は真剣そのものだった。勇者の存在が一部地域で神格化されているのは知っていたが、ランドルフがそれほど熱心に信仰しているとは思わなかった。

エリアスの心の内を悟ったのか、テオフィルが控えめに説明する。

「ジークハルトとランドルフが貧困地域で育ったことは、以前ジークハルトから聞きましたよね？　その地域で慈善活動を行っていた修道士が、勇者の伝説について熱心に本の読み聞かせをしていたんです。そのため、貧困地域で育った子供は特に勇者への憧れが強い傾向にあるんですよ」

礼拝所の前に捨てられていたテオフィルは、物心ついた頃から修道士とともに慈善活動に参加していたという。そこでジークハルトとランドルフに出会い、友人関係になった。そんな修道士に育てられたテオフィルもまた、勇者に対する思い入れが強いらしい。

「まあ、つまりさ。どんな困りごとも、勇者様なら絶対に助けてくれるって思ってもらうことが大事なんだよ。『勇者』の存在はマギシュタイラの国民の安心材料ってこと」

明るく語るジークハルトに、エリアスは「なるほど」と納得する。言われるがまま要求を呑んでいるように思えた奉仕活動にも、きちんと意味があったわけだ。

「まあ、実際の性格は『理想の勇者』とはかけ離れているがな」

エリアスが冷たく言い捨てると、テオフィルとランドルフがうんうんと頷く。

「物言いが軽いんですよねー……調子がいいっていうか。飄々とした態度で人をおちょくるし」

「美人に弱いところも問題だ。いつか美人局《つつもたせ》の被害に遭うんじゃないかとヒヤヒヤする」

「おい。エリアスはまだしも、二人は俺のこと庇《かば》ってくれよ。確かに裏では『綺麗な子だったなー』くらいは言うけど、相手からどんなに言い寄られても全部笑顔で流してるだろ？」

必死に弁明するジークハルトに、幼馴染みたちが楽しげに笑った。私の誘いには乗ったくせに……と思いつつ、エリアスは頭の中で、テオフィルとランドルフについて新たな情報を書き加える。一見すると正反対な二人には、「勇者への憧れ」という共通点があったらしい。

頭が切れるテオフィルは、勇者一行の指示役を務める。温厚かつ素朴な雰囲気のために人々の信頼を得やすく、宿泊場所の交渉はもっぱら彼が担っていた。

ランドルフは表情に乏しく、仲間の会話を後方から見守っていることが多いが、戦闘においては他の追随を許さない能力を誇る。一行の中で一番の戦力と言っても過言ではない。

裏表のない二人については、寝食をともにする中でその人となりを理解し始めていた。けれどこの男は……と、エリアスはジークハルトに目を向ける。

見られていることに気づいた彼が、「ん？」と首を傾げるが、すぐににやにやと口許をゆるめた。

「どうした？　もしかして俺に見惚れてる？」

からかうような調子で尋ねられ、エリアスは露骨に顔を顰める。

「自意識過剰も甚だしいな」

「手厳しいなあ。俺、結構悪くない顔立ちだと思うんだけど？　なんせエリアスから二回もキスされちゃったくらいだし～？」

「仕事だ、仕事！　そもそも二回目に至ってはお前が勝手にしてきたのだろう⁉」

即座に言い返すエリアスに、ジークハルトは「ははは」と軽やかな笑い声をあげた。すっかり調子を乱されたエリアスは、額に手を当てうなだれる。

ジークハルトは三人の中で最も本質が見えづらい男だ。飄々としていてつかみどころがなく、なにを言っても冗談めかした調子でかわされてしまう。清廉潔白な勇者の仮面を被ったまま、エリアスの前で一度もぼろを出さなかったあたり、演技力も優れている。器用で要領のいい人物なのだろう。

そうだとしても……と、エリアスは頭に浮かんだままの言葉をぽつりと漏らす。

「疲れないのか？　国民の希望に応えるべく、本音を飲み込んでまで『完璧な勇者様』を演じ続けるなんて」

そんなことを考えたのは、エリアスが似たような経験をして疲労困憊《ひろうこんぱい》したからだ。殊勝で純真無垢な魔術師を二週間演じただけで心が摩耗したというのに、彼は一体いつからこの生活を続けているのだろう。

エリアスの問いに、ジークハルトは「え？」と目を瞬かせた。虚をつかれたような顔をしたのはほんのわずかな間で、すぐにいつもの調子のよさを取り戻す。

「もしかして心配してくれてる？　俺が無理してるんじゃないかって不安になっちゃった？」

そう言ってわざとらしく肩を抱いてくるジークハルトに、エリアスは「やめろ、鬱陶しい」と眉間に皺を寄せる。小指の爪の先ほどでも、こいつの心情を慮ろうとしたのが馬鹿馬鹿しくなった。

「えっ、もしかして、ジークハルトは勇者の使命を負担に思ってました……？」

飄々とした言動で煙に巻くジークハルトとは対照的に、エリアスの発言を額面どおりに拾ったテオフィルが焦った様子を見せる。ランドルフも真顔でジークハルトを見つめていた。

「平気だって。十四歳のときから『勇者様』をやってんだぞ？　勇者を慕う人たちの前で見せる好青年の顔だって、とっくに俺の一部になってるよ」

心配する二人を他所《よそ》に、ジークハルトはあっけらかんと言い放つ。その表情に無理をしている様子は見られない。エリアスとは猫被りをしてきた年期が違うので、大した苦にはならないのだろう。

エリアスは背後にちらりと目をやる。ほっとした様子を見せるテオフィルとランドルフは、ジークハルトの本来の性格を知る数少ない相手だ。

理想の勇者として品行方正な振る舞いを強いられる中、素の自分をさらけ出せる彼らは、ジークハルトにとって心の安定剤に違いない。だからこそ彼は旅の仲間に幼馴染み二人を指名したのだ。

成り行きとはいえ、その面々に自分が交じっていることがエリアスは不思議だった。

（私にはジークハルトやテオフィルのような人当たりのよさも、ランドルフのような素直さもない。本性をさらけ出せば、大概の人間は幻滅した表情を見せるというのに）

良くも悪くも見た目の印象が強いエリアスは、口を開いた途端に落胆されることがままあった。

「顔はいいのに」と陰口を叩かれるのは日常茶飯事で、傲慢で偏屈な性格を知りながら近づいてくるのは、王族や高位の貴族と顔を合わせる機会の多い石持ちに擦《す》り寄り、少しでも自分の権力を強めようと目論む者のみ。

けれどジークハルトたちは、エリアスが本来の性格を見せても嫌な顔一つせず、ごく自然な態度で接してくれる。媚びを売ろうとする者特有のずるさも感じられない。

ありのままの自分を受け入れてくれる者と仕事をするのは初めてで、エリアスはその快適さに驚くと同時に、むずがゆくなるような物慣れなさも覚えていた。

ぬるま湯に浸るような関係に亀裂が走ったのは、それから数日後のことだった。

野宿を繰り返しながら山を越えた一行は、麓にある小さな村を目指していた。木々の隙間を縫うように、西の空からは橙色の陽光が差し込む。

「一日の疲れが溜まってきたところですが、あとちょっとなので頑張りましょう」

誰よりも疲労感を滲ませるテオフィルが、笑顔を浮かべて健気に励ましの言葉を述べた直後、進行方向から女性の悲鳴があがった。顔を見合わせた四人はすぐさま地面を蹴って駆け出す。

木々が生い茂る中に見えてきたのは、五名の男女が、一頭の魔獣と対峙する姿だった。男性の一人は怪我《けが》をしているらしく、地面に座り込んだまま動けずにいる。

彼らが背負う籠にはきのこや葡萄《ぶどう》が入っていた。山の恵みを採りにきた帰りに魔獣と遭遇してしまったのだろう。

俊敏さが売りのランドルフが真っ先に駆け出す中、エリアスは魔獣を一瞥《いちべつ》した。獅子《しし》の頭と山羊の体、蛇の尻尾を持つ合成獣・キマイラは、単独行動を基本とする中型魔獣だ。物理攻撃だけで問題なく討伐可能なため、魔術師がいなくとも問題なく討伐できるだろう。

「状況を見て助けに入る。必要があれば声をかけろ」

ジークハルトに声をかけると、彼は「了解」と短く答え、長剣を構えてランドルフに続いた。二人の剣士がキマイラの相手をする中、テオフィルは急いで村人の救助に向かう。

「大丈夫ですか？」

「足を……っ、キマイラの爪で引《ひ》っ掻《か》かれて……」

魔獣に攻撃された男性はひどく動揺していた。確かに男性の左足には負傷したあとが見られるが、出血量はそれほどでもなく、命に別状があるわけではない。

三人がそれぞれの役目を果たす中、エリアスは後方で腕組みをし、状況を静観していた。決して協力を渋っているわけではなく、単純に、魔術師不在の戦いで彼らがどういった立ち居振る舞いをするのかを見てみたかった。

（彼らがどのような戦い方をするのか知っておかなければ、最適な後方支援はできないからな）

以前はジークハルトに好印象を持ってもらうべく、どんな敵であってもエリアスが先陣を切っていた。本性を知られてからの一週間ほどで遭遇したのは、ジークハルトやランドルフのどちらかが相手をすればすぐに倒せる程度の単体の敵のみ。そのため、三人が連携して戦う姿を見たことがなかった。

木に背中を預けて腕組みをし、エリアスはジークハルトとランドルフの動きを観察した。

（……さすがに、魔王を再封印するべく十年かけて修業を重ねただけある）

キマイラに突撃する後ろ姿を見つめ、エリアスは胸の内でこっそり賞賛の言葉を漏らす。

聖紋の発現後、教皇庁に引き取られ剣術の師をつけられたというジークハルトは、基本がしっかりしていた。剣さばきが滑らかで、キマイラの動向をうかがいながら急所に的確な攻撃を重ねる。

独学で剣術を身につけたランドルフは、優れた身体能力を活《い》かし、手数で敵を圧倒した。宙を舞い、目にも留まらぬ速さで双剣を振るう姿は、彼の中に流れる戦闘民族の血を感じさせる。

優秀な戦士である二人に比べると、修道士のテオフィルの実力はそこそこといったところだ。しかし真面目《まじめ》な性格のおかげか、詠唱が丁寧で失敗が少ない。黒魔術と同様に、白魔術を扱える者も希少とされているので、仲間にいれば十分に役立つ存在だ。

キマイラは獰猛《どうもう》な気質のため、一介の冒険者にとっては強敵とも言える魔獣だが、三人で力を合わせれば問題なく倒せる敵だった。

しかし三人の動きを遠目で観察するうちに、エリアスは名状しがたい違和感を覚えた。

（どういうことだ……？　ジークハルトの動きが普段より悪い。なにかに躊躇《ちゅうちょ》していて、剣術の腕を活かしきれていないように見える）

彼の動きを懸命に目で追っていたエリアスは、とある決定的な事実に気づく。

ランドルフは確かに身のこなしがすばやいが、その戦い方は独りよがりで、ジークハルトの出方を気にかける素振りがまるでなかった。そのせいで、ジークハルトは彼の間合いに入らないよう常に気を配る必要があり、動きが制限されている。

一方、後方支援を務めるテオフィルは、負傷者がいる中での戦闘に明らかな焦りを見せていた。

火を噴く獅子から二人を守るため、遠くから防御魔法をかけているが、時折手を止めて負傷者に治癒魔法をかける。そのせいでどちらも中途半端になっていた。本来ならば治療を後回しにして、村人たちを安全な場所に移動させるべきだろう。

（痛みを訴える村人を前に、冷静さを欠いているのか）

固い表情のテオフィルを見つめ、エリアスは渋い顔をする。

三人の中で、唯一優れた立ち回りをしていたのがジークハルトだ。ランドルフを存分に戦わせつつ、キマイラの注意が自分に向くよう誘導し、テオフィルたちから少しずつ引き離している。全体がよく見えている者の戦い方だと思った。

(持ち前の器用さが活かされているな。単純な戦闘力ではランドルフのほうが上だが、戦士として秀でているのはむしろジークハルトのほうだろう。彼が冷静に状況を見ているおかげで、ランドルフが独りよがりな動きをしても、テオフィルが焦りから集中力を欠いても、キマイラの行動範囲を最小限に抑えていられる)

日常生活ではジークハルトの軽薄な言動に呆れていたが、仲間たちを気にかけながら戦う姿には素直に感心した。少なくとも戦いの場においては、勇者と呼ぶにふさわしい実力を身につけている。

それだけに、本来ならばジークハルトを補佐しなくてはならないテオフィルとランドルフが、逆に彼から助けられてしまっている状況が歯がゆかった。

そうこうするうちに男性の治癒が完了したらしく、村人たちを避難させたテオフィルがジークハルトたちの支援に専念し始める。聖典を広げて呪文を詠唱すると、キマイラと対峙していた二人の体が淡い光に包まれた。

防御魔法による壁が生まれたことで、獅子が吐く炎は二人の体表を滑るように流れていく。キマイラが苛立ちを募らせる中、ランドルフが空中で回転し尻尾の蛇に双剣を走らせた。ドスッと鈍い音がして、蛇頭が地面に転がる。

耳をつんざくような声で絶叫したキマイラは、目を怒りで燃やし、ランドルフを睨みつけた。その視線がおもむろに後方へ移る。ちょうどテオフィルが視界に入る位置で、ランドルフが蛇頭を切り落としていたのだ。

テオフィルが発動した防御魔法のせいで、攻撃の邪魔をされていたことに気づいたらしい。キマイラが憤りも露わに突進してくる。

慌ててテオフィルが自分の前に防護壁を作ろうとするが、うまく魔法を発動できずもたついていた。下山の疲れと魔法の連続使用が重なり、魔力を大量に消耗してしまったのだろう。呆然とした顔で後退したテオフィルは、足をもつれさせその場にぺたんと尻餅をつく。

「エリアス、頼む！」

ジークハルトから応援要請が入ったときにはすでに、エリアスはローブの裾を乱し右手を振り上げていた。テオフィルの目の前までキマイラが迫る中、彼の足元の土が隆起する。彼の喉元に噛みつこうとしていた獅子頭が、突如として現れた防御壁にしたたかに顔面を打ちつけた。

目眩《めまい》を起こしたキマイラが地面に崩れ落ちた瞬間、エリアスは右の手首をくるりと回した。すると、周囲の木に張っていた蔓が勢いよく伸びてきて、キマイラの前足を搦《から》め取り身動きを封じる。

猛然と駆けてくる男に向かって、エリアスは声を張り上げた。

「今だ、ジークハルト！」

その言葉に応え、ジークハルトが獅子頭に長剣を突き立てた。同時に、別方向から伸びてきた蔓が山羊の体に巻きつく。きつく締め上げられ、苦しさにのた打ち回っていたが、やがてキマイラは動かなくなった。

唐突に戦闘が終了し、森に静寂が戻ってくる。獅子頭から剣を引き抜いたジークハルトは、ようやく肩の力を抜き、長い溜め息を吐いた。ランドルフも得物を剣帯に戻してから駆け寄ってきて、腰を抜かしているテオフィルに手を差し伸べる。

「し……死ぬかと思った……」

右手を引かれて立ち上がりながら、テオフィルは速まる鼓動を落ち着けるように胸に手を当てた。

ランドルフもほっとした様子で、「無事でよかった」と頷く。

その傍らで、ジークハルトはいつになく固い表情を浮かべていた。剣を鞘《さや》に戻しつつ、「あのさ……」と二人に声をかける。恐らく、先ほどの戦いの問題点について注意するつもりなのだろう。

けれど戦いを終え、安堵から表情をゆるめる幼馴染みを前に、ジークハルトは唇を結んでしまう。

「どうした？　ジーク」

「いや……」

言い淀《よど》んだジークハルトは、首の後ろに手を当て視線を落とす。逡巡《しゅんじゅん》の末、取り繕うような笑顔を見せた。

「なんでもない。助けた人たちを村へ送っていくか」

胸の中に渦巻いているであろう気持ちを押し隠し、本音を飲み込むジークハルトに、エリアスは「は？」と眉を寄せた。それと同時に、離れた場所に隠れていた村人たちが慌ただしく飛び出してくる。

「た、助けていただきありがとうございました……！」

ジークハルトのそばに駆け寄った人々が、鍔に刻まれた聖紋に気づき「もしや勇者様ですか⁉」と驚きの声をあげた。こうなってしまえばもう、この場で注意する空気にはならないだろう。

しかしエリアスとしては、あれは防げた事故だったと思うだけに納得がいかなかった。今回はたまたまエリアスがいたから助けられたが、魔術師が不在の中で同じことが起きれば、今度は間違いなく大怪我を負う者が出てくるはずだ。

(だが、それを私が口にしていいものか……？　魔王を再封印するまでの一時的な仲間として加わっただけの、たった三週間ほどの付き合いしかない私が)

躊躇いが生まれたのは、似たような状況に陥ったことが幾度となくあるからだ。

過去に依頼を受け、ともに魔獣討伐を行った者たちにも、立ち回りや戦い方に問題があると指摘した。その結果、彼らには「新参者のくせに生意気だ」と煙たがられてしまった。その後の旅も露骨に冷たい態度を取られ、必要事項の伝達すらまともにされなくなり、依頼を達成するのに支障が出た。

遠回しな言い方を嫌い、端的な物言いをする自分にも問題があるのだろう。しかし同行者の命を守るためにした発言で、結果的に自分の立場をなくしてしまう理不尽さに、エリアスはほとほと辟易《へきえき》していた。

そうやって苦い経験をした結果、エリアスはどの現場においても余計な口出しをしなくなった。

(私がいないところで彼らが危険な目に遭おうと、私の責任ではない)

ジークハルトたちから顔を背け、エリアスは気づかなかった振りを貫こうとした。けれど胸の中に湧き出たもやもやとした思いは一向に薄まる気配がない。本来のエリアスが傲慢な性格だと知っても、彼らが変わらぬ態度で接してくれたことを知っているだけに、余計に気にかかる。

「……～～ッ」

太股の横で拳を握ったエリアスは、我慢できず身を翻した。彼のもとへまっすぐ近寄っていく。

「話がある」

短く告げると、ジークハルトが戸惑いの表情を浮かべた。村人の輪から引き剝がして距離を取らせ、声が届かない場所で彼を見据える。

「よく聞け、ジークハルト。確かにお前の立ち回りは悪くない。全体の状況を把握したうえで器用に動けている。そうやって、今まではお前が二人をうまく庇ってきたのだろう」

淡々とした調子で告げると、それだけでジークハルトがはっと息を吞む。自分がこれからなにを言われるのか、彼はすぐに気づいたらしい。普段は軽薄な振る舞いをしているが、あの戦い方から察するに、彼は観察力に優れた男だ。

「だが、自分さえうまくやればいいというのは思い上がりだ。勇者として、仲間の……この王国の人々の命を背負うつもりがあるなら、表面だけを取り繕って解決した気になるのはよせ。その場限りの行動ではなく、先を見据えた行動を取れ」

エリアスの言葉に、ジークハルトが唇を引き結ぶ。眉間に皺を寄せて俯いたまま、おどけた調子で誤魔化すことも軽く受け流すこともしない。指摘された内容を重く受け止めている表情だった。

「……悪かった」

固い声音が彼らしくなく、エリアスのほうが気まずくなってしまう。「日が暮れる前にさっさと行くぞ」と言って、彼の横を通り過ぎた。

キマイラの襲撃に遭った人々は麓《ふもと》の村の住民だったらしい。自分たちを助けたのが四〇〇年ぶりに誕生した勇者だと分かると、村人たちはいたく感激し、歓迎の宴《うたげ》を開くと言い出した。冒険者に貸し出すための空き家もあるというので、今夜はそこに宿泊することになった。

宴の準備をする間に村の案内をしたい、と村長が提案してきたものの、エリアスだけは辞退して一足先に寝室へ引っ込んでいた。ローブを脱いで寝台の上に仰向けに転がり、年季の入った木目の天井を眺める。

「はあ……」

深い溜め息が漏れるのは、肉体的な疲れだけでなく、憂鬱《ゆううつ》な気持ちを抱えているからだ。要因となっているのはもちろん、戦い方の問題点についてジークハルトを叱責したことだった。

(新参者にえらそうに指摘され、やはり気分を害しただろうか)

いつになく真面目な表情で謝罪の言葉を口にしたジークハルトは、自分の行動を悔いている様子だった。けれどもしかしたら、腹立たしさから表情をこわばらせただけかもしれない。これまでの気安さが一変し、よそよそしい態度を取ってくる可能性も大いにある。

(かといって、あのまま口を噤《つぐ》んでいることなどできなかったのだから、そのせいで距離を取られるなら仕方ない。……どうせいつものことだ)

私的な時間はできるだけ顔を合わせないようにしながら、淡々と己の仕事をこなす。同行する面々から疎まれることがあったとしても、魔術師として十分な働きをすれば文句を言う奴はほとんどいない。誰かと任務をともにするときは、いつだってそんなふうに過ごしてきた。

ジークハルトたちとの関係が悪化することを想像し、柄にもなく気持ちが沈むのを感じていると、ふいに部屋の扉を叩く音がした。村長による村の案内が終わったのか、テオフィルとランドルフが寝室に顔を覗かせる。

「あの……お疲れさまです」

おずおずと声をかけてくるテオフィルは、どことなくぎこちない態度を取る。ランドルフもどんなふうに振る舞えばいいか分からない様子だった。エリアスも「ああ」と返事をしながら体を起こす。

(ジークハルトがなにか言ったのだろう)

大した関係性でもないくせに、輪を乱すような発言をしたと愚痴を漏らしたのかもしれない。宴が始まるまで同じ部屋で過ごすのは気まずいだろうと考え、エリアスは適当な場所で時間を潰すべく、寝台から腰を上げようとした。

「あ、ま、待ってください!」

それを引き留めたのはテオフィルだった。いそいそとエリアスのもとへ近づいてくると、躊躇うように一度視線を落としたものの、やがて意を決した様子で顔を上げる。

「キマイラとの戦いのこと……いえ、これまでの戦い方にどんな問題があったか、ジークハルトに教えてもらいました。……ごめんなさい。自分の状況判断がいかに甘かったか、認識がまるで足りていませんでした」

反省した様子で肩を落とすテオフィルの隣に、ランドルフが「俺も」と並んだ。

「自分勝手な戦い方をするせいで、ジークが腕前を十分に発揮できていないことに気づいてなかった。

今までは魔獣を倒すことしか頭になくて、俺が動きやすいようジークが気を配ってくれていたことを理解していなかった」

銀髪の下にある端整な顔に、後悔の念が滲む。真摯な姿勢を見せる二人に、エリアスは拍子抜けしたような、毒気が抜かれたような心地でいた。キマイラとの戦いのあとで飲み込んだ本音を、ジークハルトがきちんと伝えたのだろう……ということまでは想像できたのだが。

「テオフィルたちにきちんと指摘するよう、私に告げられたと……ジークハルトが言ったのか？」

避けられることは想定していても、謝られることは想像していなかったため、エリアスは半ば呆《ほう》けたまま尋ねる。その問いに、テオフィルは眉尻を下げて苦笑した。

「今までずっと言えずにいたことを、エリアスに見破られたと話していました。そんな自分が情けなくて、恥ずかしかったって。……僕も恥ずかしかったです。ジークハルトにずっと気を遣わせていたことを、分かっていなかった自分が」

長い付き合いだからこそ言えないこともあるだろうし、一方で、長い付き合いだからこそ話してほしかったと考えるテオフィルの気持ちも分かる。どんな言葉を返すべきか図りかねていると、ランドルフがわずかに眉を寄せた。

「……俺は少し、ジークに怒った」

「えっ」

思いがけない発言に、エリアスは目を白黒させた、無表情が常の男ではあるものの、ランドルフは基本的に温厚な気質だと思っていたのだが。

「貧困地域の中でも、俺はダークエルフという理由でさらに差別されていたが、ジークだけは嫌な顔をせずに話しかけてくれた。ようやく手に入れた小さなパンを分け与えてくれたときから、ずっとジークのことを尊敬している。それなのに、問題点を注意したくらいで『関係にひびが入るんじゃないか』などと考えていたことに腹が立った」

ランドルフの口振りから、彼らが今までろくにぶつかってこなかったことを察した。二面性のあるあの勇者は、きっと幼馴染みたちの前でもさりげなく気を遣ってきたのだろう。

ランドルフが「これからはなんでも話してくれ」と伝えると、ジークハルトは「そうだな。悪かった」と素直に謝ってきたという。

エリアスは二人が戦う姿を思い出しながら、彼らにかけるべき言葉を探した。

「……テオフィルの真面目さは長所だ。今自分はなにをすべきなのかを冷静に考え、一つずつ着実にこなしていけ。ランドルフは身のこなしに長けていて、戦力として大きい。ジークハルトと連携して戦う方法を覚えれば、その実力は何倍にも跳ね上がるはずだ」

それを聞いた二人は目を見開き、顔を見合わせた。ランドルフが固かった表情を綻ばせる。

「ジークにも同じことを言われた」

思いがけない言葉にエリアスは目を瞬かせ、「そうか」と口許を微かにゆるめた。彼らの長所と短所について、ジークハルトは自分と同じ感想を抱いていたらしい。

わだかまっていた問題が解決し、三人の間に和やかな空気が漂う。

「それで、ジークハルトはどうした？　テオフィルたちが戻ってきたということは、村長からは解放されたのだろう？」

時間を考えれば、宴の準備がすでに完了したとは思えなかった。エリアスを呼びにきたわけでなく、二人とも体を休めるために寝室へやって来たのだろう。

「子供たちにせがまれて剣術を教えています。僕たちには先に休むように言って」

その言葉にエリアスは呆れてしまう。希望の象徴として、国民の期待に応えることも大切だと言っていたが、なにも山越え直後の疲れているときまで奉仕しなくてもいいだろう。

テオフィルからジークハルトの居場所を聞くと、エリアスは宿の外に出た。勇者一行に料理を振舞うべく、大人たちが鍋を抱えて村を行き交う中、住宅地の外れを目指して歩を進める。

橙と青が混じり合う空の下、ジークハルトは四人の少年と向き合っていた。幼子が遊びに使う玩具《おもちゃ》の木刀を握り、突撃してくる子供たちとやり合っている。

「そう。相手の動きをよく見て、次にどんな攻撃を仕掛けてくるかを予想するんだ」

ジークハルトは鮮やかな赤髪を風になびかせ、身振り手振りを用いて熱心に指導していた。全力で向き合ってくれているのが伝わるようで、六歳から十歳ほどの子供たちも真剣な面持ちで取り組んでいる。

そんなジークハルトたちを、一人の少年が家の陰に隠れながら眺めていた。他の子と同年代だが、一際小柄で体軀も華奢《きゃしゃ》だ。参加したい気持ちはあるものの言い出せずにいるのだろう。

もじもじするばかりの少年に気づいたジークハルトが、そちらに向かって歩いて行く。

「どうした？　君も剣術を習いに来たんじゃないのか？」

腰を曲げて少年と目線を合わせ、穏やかな口調で問いかける。照れくさいのか、自信がないのか、少年は上衣の裾をぎゅっと握り俯いていた。

「ぼ……ぼく、小さいし、のろまだし……多分、教えてもらってもうまくできないと思う」

何度も言葉を途切れさせながら、少年は弱々しい声で告げた。ジークハルトは「そっか」と彼の言葉を受け止めたが、離れていく素振りは見せない。

「でも、やってみたいと思ったから僕のところに来たんだろう？」

その問いに少年はしばし沈黙し、小さく頷いた。途端に、ジークハルトが男らしい目許を綻ばせる。上体を起こしたジークハルトは、小さな背中にぽんと手を置いた。それに釣られ少年も顔を上げる。

「だったらやってみよう。大事なのは背丈や器用さじゃなく心持ちだ。『憧れの人のように強くなりたい』『このために頑張りたい』という気持ちがあれば、目標に向かって突き進めるはずだよ」

少年に向けられた金色の目には、黄昏《たそがれ》の空が映り込んでいる。鮮やかな輝きを放つそこには一点の曇りもない。理想の勇者としての言動を心がけてはいるのだろうが、決して口先だけで語っているわけではなく、ジークハルト自身が強く思っていることのように感じられた。

――勇者を慕う人たちの前で見せる好青年の顔だって、とっくに俺の一部になってるよ。

幼馴染み二人にかけたあの言葉は、てっきり「勇者として人々から望まれる受け答えができる」という意味かと思っていた。けれど、それだけではなかったようだ。

彼の言葉は少年の胸にまっすぐ届いたらしい。先ほどまで俯いていたのが嘘のように、少年は「うん！」と力強く答えた。ジークハルトとともに他の子供たちのもとへ駆けていく。

再び玩具の木刀を握り、少年たちに熱心に指南する彼の姿を、エリアスは目を逸らすことなく見つめていた。やがて一つ息をつき、ジークハルトのもとへと歩き出す。

なにげなく顔を上げたジークハルトが、エリアスの存在に気づきぎょっとした。「少しは休め」と叱られると思ったのだろう。まあ、遠からずといったところだが。

「あー……っと、いや、これは……」

「剣を寄越せ」

焦った様子で言い訳を探すジークハルトに、エリアスは右手を差し出した。

「へ？　剣？」

「ジークハルトが持っているそれだ。剣術を習ったのなら、それを試す相手が必要だろう？　お前の弟子の力量を見てやるから、ジークハルトはそこで座っていろ」

草地を顎で指しながら言うエリアスに、ジークハルトが面食らった様子を見せる。子供たちの相手を代わってやるから休め、と遠回しに伝えたつもりだが、エリアスの意図など知らない子供たちは不満そうに唇を尖らせた。

「えー。だってお兄さん、魔術師でしょ」

「魔術師は剣なんか使えないんだから、おれたちのが強ぇじゃん！　相手になんねーじゃん！」

ブーブーと文句を垂れる子供たちに対し、エリアスは腰に両手を当て、ふんっと強気に笑う。

「私は魔獣を倒す勇者の姿を何度もこの目で見てきた。剣の振り方も立ち回りもそれだけ知っているのだから、お前たちよりずっとうまくやれるに決まっている」

いかにも悪役といったエリアスの振る舞いは、子供たちの闘争心に火をつけたらしい。表情を引き締めた彼らは「やっちまおうぜ！」「みんなで協力して倒すぞ！」と口々に言い合った。

一連の流れをジークハルトは唖然とした様子で見守っていた。一拍ののち「ふはっ」と噴き出したものの、勇者らしくないと思ったのか、口許を手で覆いながら懸命に笑いを噛み殺す。

人前で見せる清廉潔白な勇者の姿と、彼の素の状態が入り混じったその表情を、エリアスは「悪くないじゃないか」と思った。取り繕ったところが一つもない、彼のまっさらな部分に初めて触れた気がした。

ジークハルトはようやく落ち着きを取り戻すと、目許をゆるめエリアスに玩具の木刀を差し出す。

「分かった。よろしく頼む」

「……任せろ」

ほんのりと熱が宿った声に彼の安堵を感じ、エリアスは照れくささから素っ気なく答える。木刀を手に取ると、ジークハルトが見守る中、小さな戦士たちによる賑やかな戦いが始まった。


宴の準備が整ったのは、くたくたになるまで子供たちの相手をさせられたあとのことだった。夜空の下に卓を並べて料理を持ち寄り、わいわい言いながら食事をする。

村人たちは勇者の来訪を歓迎し、上機嫌で温かな葡萄酒を注いでくれたが、付き合い程度に飲んだところでエリアスは宴を抜け出した。社交性など持ち合わせていないし、大勢に囲まれていては疲れるだけだ。剣術の練習に付き合った子供たちにはなぜか懐かれてしまい、卓を離れようとしたら随分と引き留められたものの。

町の外れを歩いていると、やがてさつまいも畑が見えてきた。収穫時期の終盤を迎えて枯れ始めた葉が、丸々と太った月に照らされている。エリアスはその脇道に腰を落とした。

暖を取るためにランタン型の魔道具を取り出していると、すぐ後ろを着いてきたジークハルトが、両手に木製の椀《わん》を持ったまま隣に腰を下ろす。彼は宴に参加する前に一度宿泊場所へ向かい、防具を脱いで軽装に着替えていた。

手にしていた一つを差し出され、素直に受け取ると、様々な野菜が煮込まれたスープから優しい香りが漂ってくる。

「どうしてジークハルトまで抜けてきた？」

両手で椀を包みながら、エリアスはさりげなく隣の男をうかがう。これまでのジークハルトなら、宴が終わりを迎えるまで村人たちの輪にいただろう。

「俺の代わりに、エリアスが子供たちの相手をしてくれただろ？　その姿を見てたら、もうちょっと周りに頼ってもいいのかもなって思えてきてさ。『伝説の勇者とおしゃべりしたい』っていう期待に応えることも大事だとは思うけど……今日はテオフィルとランドルフに代わってもらうことにした」

白い湯気を漂わせるスープに息を吹きかけながら、ジークハルトは穏やかな口調で返した。その横顔は、憑《つ》き物《もの》が落ちたようにどこかすっきりして見える。

「……意識して勇者らしい振る舞いをする必要などないんじゃないか？」

やわらかく表情を綻ばせる彼を見ていたら、頭の中に浮かんだ言葉が自然とこぼれ落ちていた。ぽかんとした顔をこちらに向けるジークハルトを見て、しまった、とエリアスは思う。勇者の事情をよく知らないくせに、軽率な発言だったかもしれない。

「いや……その、私が育った孤児院は修道院に併設されていたのだが、勇者信仰の意識が薄い地域だったためか、理想の勇者像みたいなものはあまりなかった。だから的外れな意見かもしれないが……」

言い訳を重ねながらも、誤解を生まないよう必死に正しい言葉を探す。

「成長したいと思ったときに大事なのは、憧れの存在に近づこうとする心持ちだとジークハルトは語っていただろう？　あれが本心なのだとしたら、勇者らしい考え方が自然にできているのだから、口調や態度を取り繕わずともよいのではないか……と、そう思ったのだ」

ジークハルトは元々人当たりがいいので、素の状態で国民に接しても十分に好感を抱かれるだろう。多少の軽薄さや調子のよさも愛嬌《あいきょう》と言えなくもない。……強気な美人が好みだからと勝手にキスをしてくるのは、さすがにいかがなものかと思うが。

ジークハルトは口を半開きにしたまま、呆けた顔でエリアスの言葉を聞いていた。首の後ろに手を当て、「驚いた」とぽつりと漏らす。

「戦いの立ち回りについて話していたときもそうだけど、エリアスが俺を褒めてくれるとは思わなかった」

「……別に、なんでもかんでも否定するわけではない」

自分らしくない物言いだと自覚していたので、エリアスは気恥ずかしさから目を泳がせ、素っ気ない返事をする。その反応に、視界の端でジークハルトがふっと笑うのが見えた。エリアスは間を埋めるように、椀に差してあった匙《さじ》でスープを掻き混ぜる。

「確かに、子供たちの前で口にした言葉は俺の本心だよ」

椀を持った右手を太股に置き、斜め後ろについた左手で体を支えたまま、ジークハルトは静かに語った。エリアスがちらりと目をやると、それに気づいたジークハルトが口許をゆるめる。

その微笑みは、エリアスを煙《けむ》に巻くときの飄々としたものとは異なり、どことなく寂しげな雰囲気をまとっていた。

「かといって、あの言葉が俺の姿を指しているわけじゃない。……俺自身は、なんの指針もなく生きる空っぽな人間なんだ」

そう言って、ジークハルトは自分の生い立ちについて語り出す。

彼が育った貧困地域は、病で生活に困窮《こんきゅう》した多くの者が廃村に流れ着いたことで生まれたものらしい。片道三時間かかる町まで行き、ごみとして捨てられたクズ石に微かに混じった魔石を探し、ようやく稼いだ微々たる金で粗末なパンを買う……そんな生活が続いていた。

ジークハルトには物心ついた頃から親がいなかったが、友人であるランドルフと協力しながら、慎ましい生活を送っていた。週に三度行われる修道士の配給が日々の楽しみであり、食事を済ませたあとはテオフィルも交じって絵本の読み聞かせに参加した。

貧困地域で暮らす者の中には、困窮した生活に耐えられず犯罪に手を染める者も少なからずいた。ジークハルト自身、貴族の馬車を襲撃する計画や、集団での窃盗に誘われたこともあるらしい。それでも、たとえどれほど生活が苦しくても、彼は決して道を踏み外すことはしなかった。

大切な友人たちが、清く正しい伝説の存在――「勇者」に強く憧れていたからだ。

「修道士が語る勇者の伝説なんて、子供騙しの寝物語だと思ってたけどさ。でも、テオフィルとランドルフは違った。どんなに苦しい日々が続いても、心を強く持ってさえいれば、いつか必ず勇者が救いの手を差し伸べてくれる……そう信じてた」

どれほど貧しさに喘ごうと、惨めな気持ちになろうと、いつか勇者に出会ったときに誇れる自分でいたい。何年経《た》っても、そんな純粋な気持ちを持ち続ける友人たちがまぶしかった。勇者に対する思い入れがなくとも、勇者を愛する友人たちのことは心から信頼していた。

そうやって、幼馴染みたちと支え合いながら十四歳まで育ったときに、魔王の復活の報せが届いた。

勇者の適合検査は貧困地域の民にも漏れなく行われ――ジークハルトが水晶に触れた途端、額に蔓状の紋様が浮かび上がった。勇者であることを証明する聖紋が。

そのときのテオフィルとランドルフの喜びようはすごかった、とジークハルトは語る。

「『僕たちの友達が伝説の勇者だったなんて！』とテオフィルは飛び跳ねるし、ランドルフは『ジークこそが勇者だと俺は信じていた』なんて言って泣くんだ。俺だけが、現実味がなさすぎて間抜けな顔をしてたよ。……信仰心の薄い俺なんかより、テオフィルやランドルフのどちらかが勇者になったほうが、余程ふさわしいいんじゃないかと思った」

勇者であることが判明してからのジークハルトは、教皇庁に引き取られ、王都にある神殿で生活することになった。そこで剣術の修業に明け暮れ、勇者の品位を損なわないようにと教養を叩き込まれたが、元々器用な性分のためどちらもあまり苦労せず身につけられたという。

その間に、幼馴染みたちもまた、ジークハルトを支援するべく努力を重ねてくれた。魔力を保持していたテオフィルは、白魔術を習得するべく修道士のもとで学び始めた。ランドルフは独学で剣術を習得し、冒険者登録を済ませ個人で魔獣を討伐するようになった。

教皇庁もジークハルトの優秀さを認め、月に一度テオフィルとランドルフに会う許可をもらったので、顔を合わせるたびに互いの成長具合を報告しあった。

しかし彼らと接する中で、ジークハルトの中にとある思いが芽生える。

「ランドルフの成長率は尋常じゃなくて、あっという間に俺の実力を追い越した。テオフィルは白魔術の習得に苦労していたけど、その分だけ知恵を絞り、俺たちの指示役に回るようになった。……中途半端な立ち位置に居続けたのは俺だけだ」

剣士としての腕前はランドルフよりも劣る。されど、テオフィルのように本職以外の能力を身につけることもできない。

迷いなく突き進む幼馴染みたちと比べ、自分にはなにが足りないのだろうと考えたとき、思い至ったのは「指針」だった。

「『勇者』を心の支えにしてきたテオフィルとランドルフは、憧れの存在を助けられる自分になろうと、明確な目標を持っていた。けれど俺は、言われるがまま勇者になっただけだ。……どちらの成長が先に止まるかなんて分かりきってる」

自分の能力に限界を感じたジークハルトは、いつしか幼馴染みたちに引け目を感じるようになっていた。自分は偶然「勇者」の称号を手にしただけの、なんの信念も目標も持ち合わせていない薄っぺらい人間だと考えるようになった。

「そのせいで、テオフィルとランドルフに注意することに躊躇いがあった。俺なんかにそんな資格はあるのかと思ったら、うまく言葉が出てこなかったんだ。いつもヘラヘラした態度で濁して、俺がなんとかすればいいやって考えてその場をやり過ごして……でも、それが結果的に二人を危険に晒すことになるって、エリアスに言われて痛感した」

親指の腹で椀の縁をなぞりながら、ジークハルトが苦々しい笑みを漏らす。

「長々しゃべったけどさ、つまり、俺にはやっぱり『勇者の仮面』が必要だってこと。素の自分を曝け出すことで、中身のない奴だって見破られるのが怖いんだよ」

わだかまっていた思いを吐き出すようにふうっと息をつくと、彼はこちらに顔を向ける。

眉尻を下げて微笑む姿には、やるせなさと諦念が滲んでいた。初めて知るその表情は、堂々とした勇者の姿からも、軽薄な言動でおどける彼からもうかがえなかったものだ。

言葉をなくすエリアスの隣で、ジークハルトは湯気の量が減ってきた椀を見やり、「話しすぎたな」と肩を竦めた。おもむろに匙を手に取るので、エリアスもそれに倣い、無言でスープを口許へ運ぶ。

さつまいも、かぼちゃ、人参《にんじん》などの野菜は自然な甘みがあり、冷えた体にじんわりと染み渡っていった。細い髪が秋風にさらわれる中、エリアスは静かに口を開く。

「身近な人間と比較し、劣等感に苛《さいな》まれる気持ちはよく分かる。優秀な魔術師として有名だった母に対し、私は魔力制御が下手《へた》な落ちこぼれだったからな」

思いがけない言葉だったらしく、食事に勤しんでいたジークハルトがぱっとこちらに顔を向けた。

「エリアスが……？　石持ちになれるのは一握りの優秀な魔術師だけなんだろ？」

「今でこそ特権階級の地位を得ているが、師について修業を始めた直後はひどいものだった。他の弟子たちが何段階も先に進んでいる中、私は基本の魔法すら成功させることができなかった。……『母親もどうせろくな魔術師じゃなかったんだろう』と馬鹿にされたことが、自分を侮辱されるよりずっと悔しかった」

エリアスが八歳のときに病気で命を落とした母は、魔術師協会に所属せず、庶民のために魔法を使うことを選んだ。慈悲の心にあふれたすばらしい魔術師であり、エリアスは母のことを心から尊敬していた。

そんな母を、自分のせいで侮辱されたのがつらかった。母のような才能を持ち合わせていない自分を責めたこともあった。

「だが私の場合、落ち込むより先に『なにがなんでも見返してやりたい』という気持ちが先回った。それで、時間を見つけては魔術書を読み込み、他の弟子の何倍も練習を重ねて魔術を磨いた」

泥くさい努力を続ける弟子に、師も心を動かされたのだろう。他の弟子が休む時間になっても、エリアスの練習に根気よく付き合ってくれた。熱心な指導の甲斐《かい》あって、エリアスは着実に魔術の腕を上げていき、いつしか弟子の中でも群を抜く実力者になっていた。

「そうなると今度は、『あいつは顔がいいから師匠に可愛《かわい》がられているだけだ』などと負け惜しみをわれるようになったわけだが……これを首元に飾るようになるとさすがに口を噤んだな」

エリアスは特権階級の証であるアメシストのブローチに指先で触れ、にやりと口角を上げる。その行動にジークハルトは目を瞬かせ、一拍ののち噴き出した。口許を手で覆いながらおかしそうに肩を揺らす。

「エリアスはたくましいな」

「負けん気が強くなったのは、間違いなく魔術の修業を始めてからだな。魔術師に貴族出身の奴が多いことはジークハルトも知っているだろう？　ちょっとやそっとでへこたれていては、あの環境で魔術師など目指せない」

そうやって他人に隙を見せまいとした結果、随分と捻《ひね》くれた性格になった自覚はあるが。

エリアスは咳払《せきばら》いを一つしてから、「つまりだな」と話をまとめる。

「行動を起こす理由などなんでもいいということだ。テオフィルやランドルフのようにまっすぐで美しい感情を力の源にする者もいれば、私のように捻《ね》じ曲がった怒りの感情に突き動かされて邁進《まいしん》する者もいる。ジークハルトのように、幼馴染みや国民が望む自分であろうとすることも、十分立派な理由だと私は思う」

理路整然と語るエリアスを、ジークハルトは真剣な面持ちで見つめていた。自分の言葉にきちんと耳を傾けてくれているのだと思うと、じわじわと気持ちが昂《たか》ぶってつい感情的になってしまう。

「そもそもジークハルトは自分を過小評価しすぎだ。戦いの最中にあれほど冷静に周囲を見ることができる人間がどれほどいると思っている？　お前はなにかに特出していないことを卑下しているようだが、私から見れば単純に総合力の高い戦士なのだ。戦いの場において、そういった人間がどれほど重宝されるか知らないだろう？」

ジークハルトの胸に人差し指を突き立て、エリアスは顔を顰めながら熱弁を振るった。

エリアスが受けてきた依頼は様々で、他の冒険者たちと組んで魔獣討伐をした経験も少なくない。だからこそジークハルトがいかに優れた戦士であるかが分かる。

それなのに、当の本人が自分の価値を理解していないのが歯がゆくて仕方なかった。

「国民のため、努力を重ねてきた自分をもっと誇れ。ジークハルトの言動は人の心を動かす力がある。これ以上勇者にふさわしい素質などないはずだ」

そう言って締めくくると、エリアスは自分を昂ぶらせていた熱を落ち着けるように、細長く息を吐いた。ジークハルトはすっかり勢いに気圧《けお》され、啞然としている。

目を丸くする彼を見ていたら急に居たたまれなくなり、エリアスは場を取り繕うように食事を再開した。「……美味《うま》いな」と気まずい思いでつぶやくと、ジークハルトが唐突に破顔する。

「まいったな。〈紫水晶〉の魔術師は傲慢だって聞いてたのに、予想に反して真面目で情熱的だ」

男らしい目許を細め、くしゃりと顔を崩して笑む姿は愛嬌があって親しみやすい。この表情を見られるのは、彼が心を許したごくわずかな人間だけだと思うと、妙にそわそわした心地になってしまう。なんというか、多分、……嬉しい。

「……私の評判を知っていたのか？」

「まあな。旅の間、俺の本性を隠しとおすつもりでいたから、顔合わせ前にどんな人物が探りを入れておいたんだ。いざ会ってみたら、めちゃくちゃ控えめでしおらしいから驚いたけど」

おずおずと尋ねるエリアスに、ジークハルトはあっけらかんとした調子で打ち明ける。初対面のときから好意的な態度で接してきたので、自分の悪評は彼の耳には届いていないのかと思っていたが、しっかりと分かったうえでの対応だったらしい。

だからこそ、エリアスが咄嗟に手を払いのけるのを見て「やはり裏の顔があるんじゃないか」と考えたのだろう。

「蓋《ふた》を開けてみれば、噂どおりの傲慢な魔術師でがっかりしただろう」

前評判を知られたうえで清純派魔術師の演技をしていたのだと思うと、自分の滑稽《こっけい》さに頭を抱えたくなる。けれどジークハルトは「まさか」とすぐに否定した。

「俺たちの中で、エリアスを傲慢だと思ってる奴なんか一人もいない。むしろ、エリアスと引き合わせてくれた王女殿下に感謝してるよ」

理想の勇者を演じているときの、貴公子然とした物言いとは違う。かと言って、わざとらしい物言いでからかっているわけでもない。幾重もの仮面の下に隠されていたジークハルトの素顔はあまりにまっすぐで、それをぶつけられるエリアスのほうが照れくさくなる。

「……そうか」

可愛げのない端的な返事をしたのに、ジークハルトはなぜか嬉しそうに相好を崩した。テオフィルとランドルフが迎えに来るまで、月明かりの下、エリアスは彼と他愛ない話を続けていた。

郊外にある墓地は、日中だというのに不穏な空気が満ちていた。ところどころ草がはげ、土が剝き出しになっている地面を、エリアスたちは慎重な足取りで進んでいく。

奥へ進んでいくうちに、ごそごそとなにかを探る音が聞こえてきた。薄灰色の墓石の向こうにいたのは、紫色の肌を持つ人型の魔獣・グールだった。

墓石をずらし、四つん這いになって墓穴を漁《あさ》っていたグールは、エリアスたちの足音に気づくと弾《はじ》かれたようにこちらへ顔を向ける。

「墓荒らしが多発してるって聞いて、もしかして……と思ったら、やっぱりグールが棲《す》みついてたか」

長剣の柄《つか》を握り直し、ジークハルトが左の口角を上げた。その声に反応し、墓石の後ろから次々とグールが姿を現す。

ランドルフに目配せしたジークハルトが「行くぞ」と一声かけると、二人は地を蹴って駆け出した。墓石に刃《やいば》が触れないよう注意しながら、軽やかな身のこなしでグールを斬っていく。

以前は独りよがりな戦い方をしていたランドルフだが、今はジークハルトの動きに合わせて剣を振るっていた。元より戦闘能力が高いので、共闘する相手を意識さえできれば新しい方法にもすぐ順応できるのだろう。おかげでジークハルトも剣術の腕前を余すところなく発揮できている。

しかし、この墓地を寝床にしていたのはグールだけではなかったらしい。周囲に黒い霧が立ちこめたかと思うと、その向こう側から墓地には似つかわしくない蹄《ひづめ》の音が聞こえてきた。やがて、馬に跨がった首無し騎士のデュラハンが姿を現す。

剣帯から長剣を引き抜いたデュラハンは、ジークハルトたちと抗戦し始めた。全身を甲冑《かっちゅう》に守られているうえにその中身も空っぽなので、ジークハルトとランドルフが二人がかりで攻撃を仕掛けても一向に怯む様子がない。

デュラハンはグールと同じアンテッド系の魔獣だが、肉体がない分物理攻撃が効かず、グールよりも討伐難易度が高い。本来、綺麗に手入れされている墓地は空気の通りがよく、グールが居つかないはずだ。しかしデュラハンの出現によって強制的に空気が淀み、アンテッド系の魔獣が集まりやすい環境に変わってしまったのだろう。

顎に指を添えて頷いたエリアスは、隣に立つテオフィルに目を向けた。テオフィルもその意を汲《く》んで首肯し、すぐさま聖典を取り出すと、びっしりと書かれた呪文を丁寧に読み上げていく。

ちらりとこちらを見たジークハルトは、エリアスたちの考えを察したらしく、デュラハンを一手に引き受けた。ランドルフはグールの相手をし、テオフィルに危害を加えないよう引きつける。

「――……神の御光よ、邪悪なる者を捕らえよ」

長い詠唱を終えたテオフィルが、パンッと音を立てて勢いよく聖典を閉じた。直後にデュラハンの背後で巨大な光の球が弾け、首無し騎士を馬ごと捕らえる。グールもまた、その光に巻き込まれ身動きが取れなくなっている。

「引くぞ、ランドルフ！」

ジークハルトの言葉に反応し、ランドルフもすぐに身を翻した。墓石に陰に隠れ、光から逃れたグールが数体追いかけてくるが、エリアスからすれば些末《さまつ》なことだった。

「何体だって関係ない。まとめて消し炭にしてやる」

黒いシャツをまとった腕で勢いよく空を切ると、墓地の上に急激に分厚い雲が立ちこめた。その内側が光ったかと思うと、墓地にいる魔獣目がけ稲妻が落ちる。勢いよく放たれたそれは、デュラハンはもちろん、グールの一体も残すことなく消滅させた。

頭上の雲が消えていくのに従い、墓地に満ちていた淀みも少しずつ薄れていく。

（私の攻撃魔法で魔獣を一掃するため、テオフィルの白魔術で敵を足止めし、その隙にジークハルトたちを下がらせる……。無駄のない戦闘だったな）

キマイラとの戦いを経て、ジークハルトは幼馴染み二人に、自分の考えを臆せず伝えるようになった。そのおかげでランドルフは仲間と連携して戦えるようになり、テオフィルも落ち着いて白魔術を発動できるようになってきた。彼らの成長がエリアスも嬉しい。

剣や聖典を仕舞った三人は、ぱっとこちらに顔を向けた。うかがうような眼差しに、エリアスはこほんと咳払いをしてから口を開く。

「まあ、いいんじゃないか？」

今回の戦い方に合格点をもらったと知るや、三人はワッと歓声をあげた。ジークハルトは弾けるような笑みを見せ「よしっ！」と拳を握っている。テオフィルはぴょんぴょんと飛び跳ねているが、ランドルフが無言で抱きついているせいで少しばかり動きにくそうだ。

三者三様に喜びを表現する様子に口許をゆるめていると、テオフィルを解放したランドルフがエリアスのもとへやってきた。

「ほら、エリアスも」

エリアスとも喜びの抱擁を交わそうということらしく、真顔で両腕を伸ばしてくる。

「いや、そういうのは……」

エリアスは顔の前で両手を広げて制止するが、直後に、ランドルフとの間にジークハルトが割り込んできた。斜め前に立ってエリアスを抱き寄せ、腕の中に閉じ込める。

「駄目だって。エリアスに触っていいのは俺だけなんだから」

冗談めかして語るジークハルトに、ランドルフは納得がいかないといった様子で片眉を上げた。

「随分ケチだな」

「いくら大事な幼馴染みと言えど、これぱかりは譲れないなあ」

「ジークハルトが抱きついてくることも許可した覚えはないが……」

自分を抜きにして話す二人に、エリアスは淡々と抗議する。それに対しジークハルトは「ええ？」ととぼけた反応を示すが、至近距離で視線がぶつかるとふいに表情を綻ばせた。明るい色の双眸には信頼と親しみが滲んでいて、抱きしめられるよりずっとドキッとする。

「そんなこと言うなって。俺、なかなか頑張ってただろ？　ご褒美をくれてもいいんだぞ？」

自分の唇に指を当ててキスをせがむジークハルトに、エリアスは「馬鹿言うな」と顔を顰め、長軀《ちょうく》を押し退けて拘束を解いた。彼も本気で言っていたわけではないようで、あっさりと身を離す。そのやりとりに、テオフィルが「ジークハルトは相変わらずですねえ」と呆れた調子で笑った。

（確かに、表面的には以前とそう変わらないな）

ジークハルトの本音を聞いてから十日ほどが経過したが、テオフィルやランドルフがいる前では、彼は今までどおりの振る舞いを続けていた。飄々とした言動でおどけてみせ、冗談めかした調子でエリアスに口説き文句をぶつけてくる。

けれどエリアスと二人きりになると、ジークハルトの軽薄さは途端に鳴りを潜めた。旅の進行や魔獣との戦い方について、彼は真剣な面持ちで意見を求めてくる。エリアスも丁寧にそれに答え、時には和やかな雰囲気で雑談を交わしながら、ジークハルトと過ごす時間を楽しむようになっていた。

勇者一行の世話役はテオフィルが担っているものの、彼らの中心に立ち、精神的支柱となっているのはジークハルトだ。そのため幼馴染み三人で集まると、彼が相談される側になりがちだった。

頼られることの多い彼が、唯一頼る相手が自分なのだと思うと悪い気はしない。むしろその素直さを可愛いとすら思う。ジークハルトに懐かれていることを実感すると、むずがゆくなるような心地とともに、胸の奥が温《ぬく》もっていくような感覚を抱いた。

気恥ずかしさからエリアスは咳払いをし、「そういえば」と話題を逸らす。

「探知魔道具の様子はどうだ？　依然としてこの街に反応したままか？」

その問いに、ジークハルトが腰布を捲り探知魔道具を取り出した。金属製の蓋を開けると、最後に見たときと同じように、方角を示す針がくるくると回転している。針を留めている青色の魔石は不定期な点滅を繰り返していた。

マギシュタイラ王国の南東にある都市・チタディレストに到着してから五日目となるが、探知魔道具はこの状態が変わらず続いていた。眉間に皺を寄せたジークハルトが深い溜め息を落とす。

「墓地に集まった魔獣に邪気が関係してるんじゃないか、って思ったんだけどな……。どうやら外れだったらしい」

チタディレストの街に魔王が息を潜めているのか、あるいは強烈な邪気を放つなにかがあるのか。その原因を探るべく、エリアスたちは領主であるディーゲルマン伯爵の屋敷に宿泊しながら、チタディレストに滞在していた。

墓地の出入口に向かって歩きながら、エリアスの隣でジークハルトが渋い顔を見せた。

「魔王の手がかりがつかめないままだと、さすがに伯爵にも合わせる顔がないっていうか……」

勇者一行が魔王の再封印を目指して旅をしていることは、国王から各地の貴族に通達されている。おかげでどの地域でも領主から歓迎され、宿泊場所や食事について面倒を見てもらっていた。それだけに、なんの進展もないまま屋敷に居座り続けるのは気まずい。

「原因を探るのに苦戦するようなら、伯爵の屋敷から宿に移るのもありじゃないですか？　魔王の目撃情報や被害報告も出ていないので、しばらく様子見をするのも悪くないでしょう」

丸眼鏡を目許に押し込みながら提案するテオフィルに、ジークハルトも「そうだな」と頷く。しかしエリアスの胸中は複雑だった。

ジークハルトたちとの仲が深まり、彼らと過ごす時間が楽しくなってきた反面、エリアスは終わりの見えない旅に焦りを抱き始めていた。

魔王の再封印を果たし、カロリーナ王女との婚約をジークハルトから断らせる……。その工程を経ない限り、エリアスは別れさせ屋としての報酬を得られないからだ。

旅にかかる費用は国家が負担しているうえ、貴族たちもあれこれ世話を焼いてくれるため、ジークハルトたちと一緒にいる限り衣食住に困ることはない。しかしエリアスは、生活費とは別に工面しなくてはならない金があった。

（当分の蓄えはあるし、最低額を毎月きっちり支払っていれば罰則を受ける心配はないが……）

努力の結晶とも言えるアメシストのブローチに触れ、エリアスは人知れず息を詰める。

平静を装いつつジークハルトたちと墓地をあとにすると、道の端に一台の馬車が停《と》まっていることに気がついた。幌《ほろ》つきの豪奢《ごうしゃ》な佇《たたず》まいで、船底型の客室には貴族の家紋が記されている。

横を通り抜けようとすると、馬車のそばに立っていた御者がおもむろに扉を開けた。中から下りてきたのは華やかな衣服に身を包んだ青年で、その姿を見るなりエリアスは顔をこわばらせる。

「ああ、エリアス！　無事であったか！」

大袈裟な台詞《せりふ》を吐きながら目を輝かせていたのは、ディーゲルマン伯爵の次男であるグンターだった。エリアスよりもいくつか年下で、ジークハルトには劣るもののそれなりの美丈夫と言えよう。

すぐそばまでやってきた彼は、他の三人には目もくれず、エリアスの手を両手でぎゅっと握った。

「グンター様……魔獣討伐は危険が伴いますので、私たちが戻るまでは墓地に近づかないようお願いしていたはずです」

「ああ。そう聞いていたから、我が領民には一歩も近づかせないよう道を封鎖した」

エリアスは顔を引きつらせぎこちない笑みを浮かべるが、彼は褒めてくれと言わんばかりの勢いで迫ってくる。いや、お前も近づくなという意味だ。……と、言い返したくなるのをエリアスはぐっと堪えた。

グンターは握った手を口許まで運ぶと、慈しむように指の腹でそっと撫でる。

「エリアスの美しい顔に、擦《かす》り傷一つでもついたら大変だと思い、いてもたってもいられず飛んできてしまった。怪我はないか？　恐ろしい目には遭わなかったか？」

「……なにも問題ございません」

露骨な好意を向けられ、ぞわぞわと肌が粟立った。冷たくあしらえる相手なら気にも留めないが、強く出られない相手だと思うと途端に不快感を覚えてしまう。相手は寝床と食事の面倒を見てもらっている領主の息子なので、失礼な態度は取れないのだ。

五日前に初めて顔を合わせたときから、グンターはエリアスに対し露骨な好意を示していた。

（いや、色目を使われるだけならまだいい。一番問題なのは……）

ディーゲルマン家の邸宅を訪問した際、グンターと一緒に紹介された人物を思い出し、エリアスは唇を引き結ぶ。直後、まぶたの裏に浮かべていたその青年が、遅れて馬車から姿を現した。

エリアスに迫るグンターを無表情に見つめていたのは、彼の婚約者であるミヒェルだった。子爵家の令息であり、ディーゲルマン伯爵家とは古い付き合いの家らしい。貴族の子息のうち、次期当主は異性と婚姻する風潮にあったが、第二子以降は同性を伴侶に迎える者も少なくなかった。

目の前で繰り広げられる信じがたい光景に、エリアスは卒倒しそうになる。

（なぜよりによって、婚約者を乗せた馬車で私に会いに来るのだ……！）

エリアスの気を滅入らせている一番の問題。それは、婚約者がいる身でありながら、グンターが人目も憚《はばか》らず自分を口説いてくることだった。

どうしたものかと狼狽《ろうばい》していると、グンターとのやりとりを見守っていたジークハルトが、ずいっと一歩前に出た。エリアスを守るように、二人の間にさりげなく身を割り込ませる。

「ディーゲルマン伯爵から相談されていた魔獣のことでしたら、すべて解決いたしました。これから伯爵のもとへ報告にあがる予定です」

いかにも勇者らしい爽やかな笑顔を見せるが、その目の奥には奇妙な威圧感が滲む。グンターもそれを感じ取ったようで、「ご、ご苦労であった」とわずかにたじろぐ姿を見せた。

かと言って、そのままおとなしく引き下がる男なら苦労していない。

「それでは屋敷まで馬車で送ろう。なに、私も帰宅途中だったので気にするな。あいにく馬車は四人乗りなので、私とエリアスと、あとはミヒェルで手いっぱいなのだが」

名案を思いついたと言わんばかりに目を輝かせ、グンターがエリアスの背中に腕を回した。あと一人乗れるではないですか……と指摘する間もなく、馬車のほうへ追いやられる。

これまでのエリアスであれば、相手が貴族の子息だろうが関係なく、冷たい態度であしらっていたはずだ。けれどジークハルトと行動する今はそれが憚られる。

(私が下手な態度を取れば、礼儀知らずの魔術師を連れているとして、ジークハルトの評判まで下げてしまうかもしれない)

国民にとっての希望でありたいからと、ジークハルトが「理想の勇者」として振る舞っていることをエリアスは知っている。その努力を自分のせいで台無しにしたくなかった。

グンターの誘いを拒めないまま、仕方なく馬車に足を踏み入れる。おもむろに振り返った先で、ジークハルトは固い表情を見せていた。エリアスは咄嗟に目を逸らすが、自分がなにに対し気まずさを覚えているのかよく分からないでいた。


グンターの件が面倒事に発展しないといいが。……という不安は、残念ながら見事に的中することになった。ジークハルトたちとともに、グールの討伐完了についてディーゲルマン伯爵に報告したあと、ミヒェルが人目を忍んでエリアスに接触してきたのだ。

グンターとは幼少期からの付き合いだという彼は、ディーゲルマン家の従者たちともすでに見知った仲らしく、屋敷の一室を借り二人きりで話をする場を作った。

一体なにを言われるのかと戦々恐々としていたエリアスに、ミヒェルは思いがけない話をする。

「グンター様は魔術師様に心惹かれているご様子。ここで折り入ってご相談があるのですが、どうかこのままグンター様のお心を奪い、僕との婚約が破談になるよう仕向けていただけないでしょうか」

卓を挟んでミヒェルと向かい合ったエリアスは、予想していなかった内容に面食らう。別れさせ屋の噂が耳に届いていたのだろうかと思ったが、よくよく話を聞くとそういうわけではないらしい。

「幼い頃から見知った仲であるグンター様は、僕を弟のようにしか思っていないのでしょう。これまでも度々他の方にちょっかいをかけておいででした。そのたびに咎《とが》めてきたのですが、僕はもう、あの方の一挙手一投足に振り回されるのが疲れてしまったのです」

繊細な美貌を持つミヒェルは、そのたおやかな雰囲気とは異なり、きっぱりとした口調で告げた。ミヒェルとしてもまた、親に決められた婚約者に思慕の念など抱いていないのかもしれない。とんだ浮気男を宛がわれたものだと、呆れ返っているのだろう。

ミヒェルの気持ちは分からなくもないが、とはいえ、やはり魔術師として勇者に同行している今、貴族の婚約破棄に関与するのは気が進まなかった。グンターがエリアス自身に惹かれているのなら、通常の依頼と同じように、変身魔法を使って別人になっても意味はない。

(勇者と旅をしながら別れさせ屋の仕事を引き受けたとなれば、万が一発覚した際にジークハルトまで非難の的になりかねない)

貴族の婚姻を意図的に破談に追い込んでいるのだ。自分一人で責任を負うならまだしも、ジークハルトたちを巻き込むわけにはいかなかった。

「申し訳ございませんが……」

顔の前で両手を広げ、エリアスがなんとか断ろうとすると、ミヒェルはすかさず卓に手をつき深々と頭を下げた。貴族の令息が見せる思いがけない姿にエリアスは目を丸くする。

「著名な魔術師様に、大変無礼なお願いをしていることは承知しています。それでもどうか、この一度きりだと思って、僕の我儘《わがまま》を聞いていただくことはできませんか……? 謝礼としてできる限りの金額を準備いたしますので」

年若い青年が必死に懇願する姿が哀れだったのもある。けれどそれ以上にエリアスの心を揺るがせたのは「謝礼」という単語だった。

魔王再封印の旅は、どれぐらいの期間で終了するのかまるで見当がついていない。探知魔道具が奇妙な反応を示している今は、チタディレストの街で足踏みをしている状態だ。カロリーナ王女から得る膨大な報酬を当てにしていたものの、それがいつ手に入れられるか決まっているわけではない。

（稼げるときに稼いでいたほうが身のためなのではないか……？）

いつか手持ちが底をつき、支払いに回せる金がなくなってしまったら、自分は……——。

最悪の展開が頭を過《よぎ》り、エリアスは下唇を噛みしめる。しばし悩んだ末、

「そのご依頼、承りましょう」

とミヒェルに告げた。


それからは別れさせ屋として、グンターの気持ちが盛り上がるような振る舞いをした。婚約者がいるグンターからの好意に、表面的には困っている素振りを見せながらも、彼だけの目に留まるようひっそりと気恥ずかしそうな顔をする。

狙いどおり、グンターは「自分の努力が実を結び始めた」と思ったらしく、さらに熱烈にエリアスを口説くようになった。屋敷内でエリアスを見つけると、人目につかない場所へ誘い、「君の美しさに毎度見とれてしまう」「私はエリアスに出会うために生まれてきた」などと愛の言葉を囁く。

そのたびにエリアスは、

「婚約者様がいらっしゃるのに、そのようなことをおっしゃってはいけません……」

と、喜びを押し殺しているふうを装って拒んだ。婚約者さえいなければ受け入れてくれるに違いない、とグンターが思い込むように。

やることとしては、今まで引き受けてきた別れさせ屋の依頼と大差なかった。それなのに今回に限

っては、自分の心と反する言動を取ることにどうしてか虚《むな》しくなった。

依頼対象者の心をつかめていることにも、以前ほど喜びや達成感を覚えない。グンターに気のある素振りを見せたのち、彼の目の届かぬ場所までやってくると、急激な疲労感が全身にのしかかる。それでも「報酬のためだ」と自分を叱咤し、必死に演技を続けた。

彼の家族や従者はグンターが浮気性だと分かっているため、彼がエリアスを口説いていることを知っても苦笑するばかりだった。テオフィルやランドルフも、一方的に迫られているだけだと思っている。エリアスが相手にするはずがないと考えている二人は、「顔がよすぎるのも大変ですね」と同情していた。

けれど観察力に優れた勇者だけは、エリアスの企てに気づいていたらしい。

とある夜、いつものようにグンターの手をすり抜けて客室に戻ると、二台設置された寝台のうち右側にジークハルトが腰を下ろしていた。貸し与えられた客室は二人部屋だったので、エリアスとジークハルト、テオフィルとランドルフの組み合わせで使用している。

剣の手入れ中だったようで、ジークハルトは刃こぼれがないか確かめたのち、それを丁寧な所作で鞘に戻していた。

「ただいま」

「ああ」

エリアスが声をかけても、ジークハルトは短い返事を寄越すだけでこちらに顔を向けようとしない。どことなく虫の居所が悪いように見え、エリアスは「珍しいな」と思った。ともに旅をする中で、ジークハルトが怒りを見せたことは一度もなかったから。

「……なあ、エリアス。なにか隠しごとをしてないか？」

一体どうしたのだろうと思いつつ、自分の寝台へ向かったエリアスは、背後からかけられた言葉に頭が真っ白になる。反射的に振り返ると、ジークハルトが上体を捻り、こちらに顔を向けていた。

力強い目に射貫かれ、エリアスは身動きが取れなくなる。

「俺たちに内緒で別れさせ屋の仕事を引き受けてるだろ。グンター様をエリアスに惚《ほ》れさせるように、とか」

あまりに的確に言い当てられてしまい、咄嗟に反論できなかった。口を噤み、視線を泳がせるエリアスに、ジークハルトが「やっぱりな」と溜め息を落とす。呆れと、わずかな苛立ちが混じった声だった。

「ジ……ジークハルトたちには迷惑をかけないようにする。グンター様は気が多い方だと聞いているし、魔王の再封印が最優先だと告げて一度距離を置けば、すぐに気持ちが離れて他の方を追いかけ始めるだろう。婚約破棄を望んでいるのはミヒェル様ご自身なのだから、私たちがいなくなったあともうまいことやって……」

「そういうことを言ってるんじゃない」

咄嗟に重ねた言い訳を鋭い口調で遮られ、エリアスは息を呑んだ。ジークハルトは剣を壁に立てかけ、寝台から腰を上げると、そのままゆっくりエリアスに近づいてきた。

正面に立ったジークハルトは、目を合わせただけで身が竦むほどの威圧感を放っている。エリアスは思わず後退《あとずさ》ろうとしたものの、寝台に脚がぶつかってしまい、それ以上距離を取ることは叶わなかった。

「別れさせ屋だろうがなんだろうが、エリアスが自分の仕事に意義を見出しているっていうなら、それを否定するつもりはない。けど……少なくとも俺の目には、あの二人を別れさせなきゃいけない理由が見つからない」

淡々とした調子で告げられ、エリアスはきゅっと唇を結んだ。どうせ深く考えずに引き受けたのだろう。そう責められている気がした。

「言っただろう。グンター様は気が多い方だと。そのせいでミヒェル様は疲弊し、彼との関係を白紙に戻したいと考えている。それだけで十分な理由になるはずだ」

彼の胸に手を突いて押し返そうとするものの、ジークハルトの体はびくともしない。彼の視線から逃れようと身体を仰《の》け反《ぞ》らすあまり、後方に倒れそうになるが、伸びてきた手に二の腕をつかまれぐいっと引き戻される。

至近距離で視線が絡み合い、エリアスは思わず唾液を飲み下した。大概のことは涼しい顔でやりすごすジークハルトが、憤りを宿した目で自分を見つめていたから。

「へえ。ミヒェル様は自分の気持ちをきちんとグンター様に伝えたんだな？　それで、グンター様が浮気を繰り返す理由も本人から直接聞いたってことか？　互いに腹を割って話したうえで、婚約破棄の意思を伝えても受け入れられなかったから、悩んだ末にエリアスに泣きついた……そういう流れなんだな？」

「……ッ……、それは……」

返答に窮し、エリアスは堪らず視線を泳がせた。次々に重ねられた問いに、エリアスはなに一つ明確な返事をすることができなかったから。

グンターとミヒェルの間に思慕の情はないのだろう。浮気者の婚約者に、ミヒェルはほとほと愛想を尽かしてしまったのだろう。そんなものはすべてエリアスの憶測に過ぎず、詳しい事情を確認しないまま依頼を引き受けていた。今回の件だけでなく、これまでもずっと。

痛いところを突かれて押し黙るエリアスを前に、ジークハルトは眉を顰《ひそ》める。

「別れさせ屋の仕事の意義が金でしかないのなら、他人の恋心を利用するような真似《まね》はやめるべきだ」

突き放すような一言に、ざあっと血の気が引いた。かと思えば、直後に腹の底に熱が湧き、一瞬で煮え立って頭まで駆けていく。

呆れられたのだと思うと悲しかった。金に目が眩《くら》んで不誠実な仕事に走る、どうしようもない奴だと思われたのが恥ずかしかった。他の人間になにを言われても微塵も気に留めないのに、ジークハルトに幻滅されることはひどく堪《こた》えた。

エリアスは震える唇をきつく嚙みしめ、渾身《こんしん》の力でジークハルトを突き飛ばす。

「なにも知らないくせに……ッ、えらそうに説教などするな！」

悲痛な声で訴えるエリアスに、ジークハルトが啞然とした表情を見せた。二の腕から手を離した隙をつき客室から逃げ出す。

「おい、エリアス！」

ジークハルトの焦った声が背後から飛んでくるが、振り返りもせず廊下を駆けた。従者たちがぎょっとした顔でこちらを見ているが、取り繕う余裕はない。

ただ一刻も早く、ジークハルトの目から逃れたかった。自分を責める、あの星のような双眸から。

その日以降、エリアスとジークハルトの間には明確な溝ができた。四人で集まっているときも、エリアスはまったくジークハルトと目を合わせず、必要以上の会話もしない。ジークハルトはもの言いたげな表情を見せたが、用事が済めばすぐに彼から距離を取り、声をかける隙を与えなかった。

なにかあったのは端から見ても明らかで、テオフィルとランドルフも戸惑いを露わにしていた。心配をかけていることを申し訳なく思いながらも、エリアスはジークハルトとの対話を拒み続けた。

魔術師として誇れない仕事をしているのは分かっていた。それでも、金が必要だから仕方ないのだと、心のどこかで言い訳もしていた。そういったずるさを見破られたような気がして、余計にジークハルトと向き合うことが怖かったのだ。

（『勇者として先を見据えた行動を取れ』などとえらそうなことを言っておきながら、自分は楽な道に逃げようとしているのだから……失望され、見放されてもおかしくない）

ジークハルトから冷淡な眼差しを向けられることを想像すると、それだけで胸が軋《きし》み、鈍い痛みが走る。他人に嫌われることなど怖くないと思って生きてきたはずなのに、思いがけない己の臆病さにエリアス自身当惑していた。

ぎこちない空気のまま五日ほど過ぎた、とある夜。夕飯と湯浴みを済ませたエリアスは、借りている客室の中央に立ち、白いシャツの釦を上まで留めていた。軽微な変身魔法で首元の契約印を隠すため、一度前を開いていたのだ。

今日はこれから屋敷内のグンターの部屋へ行くことになっている。夜も更けてから彼と二人きりになるのは初めてだった。恐らく彼は、今夜エリアスを自分のものにするつもりでいるのだろう。

グンターが自分と肉体関係を結びたいと考えているのなら、エリアスとしても好都合だ。ジークハルトのときのように、体を捧げる代わりに婚約破棄をするよう求めるつもりでいた。

(……結局、ジークハルトは引っかからなかったが)

あの夜のことを考えているうちに、知らず溜め息が漏れる。落胆の気配が色濃く滲むそれにはっとして、エリアスは口許を手で覆った。これから依頼対象者に抱かれにいくのに、なぜ自分は他の男のことを考えているのか。

(仕事に集中できていないな……。念のため魅了の魔法を使うか)

苦い顔をしたエリアスは、杖を取り出して魔力を練り始める。禁則魔法を使わずともグンターは手を出してきそうだが、せっかく部屋に呼ばれたのだから、この機会を確実にものにしたかった。探知魔道具が他の場所を指し示すようになれば、すぐにチタディレストを離れることになるのだから。

エリアスは呪文を詠唱しながら、桃色の光を全身にまとわせていく。しかし、もう少しで詠唱が完了する……というときになって、唐突に背後でドアノブを捻る音がした。エリアスは反射的に振り返り、室内に足を踏み入れてきた人物と目を合わせてしまう。

「ああ、……びっくりした。部屋にいたのか」

扉の前に立っていたのは、革の小袋を持ったジークハルトだった。彼と揉めてからというもの、エリアスは部屋の主が寝静まるのを待ってから戻っていたため、今日も無人だと思っていたのだろう。ジークハルトは「用事がある」と言って午後から外出していたため、エリアスも油断していた。

後ろ手で杖を隠し、エリアスは慌ててジークハルトから視線を外す。

（まずい。魔法の効果が……）

魅了の魔法は発動後初めて目を合わせた者にかかる仕組みだ。エリアスはそれに独自の調整を加え、呪文の詠唱中に思い浮かべた人が対象になるよう変容させている。しかしその調整も絶対ではない。

神の加護持ちであるジークハルトに魔法は効かないが、目を合わせたことで魅了の効果が薄れてしまった可能性があった。

密かに魔法を使う姿を見て、エリアスがこれからなにをするつもりなのかを察したのだろう。表情を曇らせたジークハルトが、おもむろに近づいてくる。

「……グンター様に会いにいくのか？」

以前のように責め立てるわけでない、どこか沈んだ調子の声音。それがどうしてかエリアスの胸をざわめかせる。

「ジークハルトには関係ないだろう」

淡々と返そうとしたのに、動揺で声が掠《かす》れてしまった。俯くエリアスの前で、ジークハルトは袋から小瓶を取り出す。

中に入っていたのは黄色の金平糖《こんぺいとう》だった。淡い光を放つそれは、魔法の効果を付与したものだ。

「特定の言葉を口にすると、周囲の人間を眠らせることができる金平糖だ。発動条件の呪文は『助けろ、ジークハルト』に設定してある。……どうしてもグンター様のもとへ行くなら、これを食べてからにしてほしい」

眠り魔法を付与した金平糖は、魔獣が出現する場所に足を踏み入れる際、護身用に口にするものだ。

チタディレストのような大きな街には必ずと言っていいほど魔道具屋が存在するので、その店で購入してきたらしい。発動の呪文を決めていない状態で売られており、購入した者が小瓶の栓を開け、自ら吹き込んだ言葉を呪文に設定できる。

ジークハルトがそこまでする理由が分からず、エリアスはおずおずと口を開く。

「……嫌な目に遭いそうな場合はこれを使って逃げろ、ということか？　眠りの魔法くらいなら杖無しで発動させられる」

「それでも、万が一の事態が起きないとも限らないだろ」

ジークハルトの言葉には、五日前のような憤りも責めるような気配も感じなかった。純粋に心配してくれているのだろう、とは思うものの、彼の厚意をどのように受け取ればいいのか分からない。

魔術師になってからというもの、エリアスは誰かと親しくなったこともなければ、一度揉めた相手と再び関係を築こうとしたこともなかった。

視線を落として立ち尽くすエリアスを前に、ジークハルトが小瓶の栓を抜いた。エリアスの手を取りながら、「あのさ」と話を切り出す。

「キマイラとの戦いのあとで、エリアスは俺を叱ってくれただろ。表面だけを取り繕うような真似をしないで、先を見据えた行動を取れって」

静かな調子で語られた内容にエリアスはぎくりとした。それなのに……と、自分本位な行動を責められるのかと思ったのだ。

——けれど違った。

「あれがなかったら俺は、『他人の恋心を利用するような真似はやめるべきだ』なんて言えなかった。一緒に旅をする仲間に不快な思いをさせるくらいなら黙ってようって、いつもみたいに本音を呑み込んでたはずだ」

ジークハルトは真剣な声音で告げながら、小瓶を軽く揺らし、エリアスの手に金平糖を一つ載せる。

「でも今は、多少エリアスとぶつかったとしても、自分の考えをきちんと伝えたいと思ってる。次の日でも、一ヵ月後でも一年後でも、エリアスが後悔するようなことはしてほしくないから」

丁寧に選んで口にした言葉は、どれも内側から湧き出るような熱が込められていた。エリアスがそっと視線を上げると、ジークハルトが控えめにこちらをうかがってくる。

金平糖と同じ、星を彷彿とさせる金色の双眸。普段は雄々しさを感じるほど力強いそれが、不安げに揺れるのをエリアスは見た。

「だから、頼む。困ったときは俺を呼ぶと約束してくれ。……絶対に助けにいくから」

仲間の行動に対して意見するという、彼にとってはまだ不慣れな行為に戸惑いながらも、それでもジークハルトはまっすぐ思いを伝えてくる。自分の言葉によってこの年下の勇者が変わろうとしているのだと思うと、喜びと焦りが一気に襲ってきてエリアスの鼓動を速めた。

（やめてくれ。そんな、切実な声音で懇願するのは）

じわじわと頬に熱が集まるのを感じ、エリアスは口許を手で覆った。わずかな沈黙の末、反対の手のひらに載っていた金平糖を口に放り込む。ジークハルトの虹彩と同様に、星のような輝きを放つそれは、舌の上で舐《な》め転がすうちに甘く溶けていった。

「これでいいか？」

軽く口を開けて食べ終わったことを証明すると、ジークハルトが安堵の表情を見せた。やわらかく綻ぶ目許を見ていたらまた奇妙な動悸《どうき》が始まってしまい、エリアスは慌てて視線を逸らす。

「じゃあ……行ってくる」

素っ気ない調子で告げ、エリアスはジークハルトの横を通り抜けた。客室の扉を閉める瞬間、彼がこちらを見ているのが分かったが、奇妙な罪悪感が湧き上がり目を合わせることができなかった。


グンターに呼び出されたのは、広い屋敷の北側の、人通りの少ない場所にある一室だった。中は寝台と棚が置かれただけの簡素な内装で、貴族の子息が寝起きしている部屋とはとても思えない。恐らく従者用の予備の個室を、浮気相手との密会用に使っているのだろう。

寝台の端に腰かけたエリアスは、洒落《しゃれ》っ気《け》のない部屋をさりげなく見回し、腑《ふ》に落ちない気持ちでいた。

（遊び慣れた男なら、もう少し雰囲気のいい部屋を選んでもおかしくないが……。この屋敷の規模なら、華やかな調度品を揃えた客室などいくらでもあるだろうに）

そして場所以上に、グンター自身に違和感を覚えた。寝台に座るように指示したのは彼だというのに、当の本人は落ち着かない様子でぐるぐると室内を歩き回り、一向に近寄ってこないのだ。

「あの、グンター様はお座りにならないのですか？」

痺《しび》れを切らしたエリアスが声をかけると、彼は「そ、そうだな」と声を詰まらせながら頷いた。ようやく隣にやってきたものの、一人分以上の距離を空けて座ったうえ、膝に手を置いたまま石のように硬直している。

個室に呼び出した大胆さとは相反する行動に、エリアスは混乱するばかりだった。

（いや……グンター様の事情などどうでもいい。私は自分の仕事を全うするだけだ）

自分に言い聞かせるように胸の中でつぶやき、短く息を吐く。距離を詰め、隣に座る男に顔を向けると、エリアスはそっと彼の腕に触れた。

「グンター様」

控えめな、けれど微かな昂揚《こうよう》をにおわせる声音で彼を呼ぶ。それに引き寄せられるように、グンターがおずおずとこちらを見た。魅了の魔法を発動させるべく、ジークハルトは彼の目を凝視する。

けれど彼は気恥ずかしそうに目尻を染めるばかりで、いくら待てども虹彩の色は変わらなかった。

（やはり先にジークハルトと目を合わせたことで、魔法の効果が切れてしまったのか）

せっかく禁則魔法まで使ったのに台無しだ。かといってこの状況で、魔法をかけ直すために一度退出するのも興醒めだろう。

嘆くはずの場面なのに、どうしてかエリアスはほっとしていた。今までの自分ではあり得なかった心境に戸惑う。

いけない。気持ちを切り替え、演技だけで彼の心を奪わなくては。

そう考え、エリアスは親指の腹でグンターの腕をそろりと撫でた。たったそれだけの行動で、グンターが動揺を露わに視線を泳がせる。やはり浮気性の遊び人とは思えない反応だ。

普段であれば、多少の違和感があったところで気に留めなかっただろう。依頼を達成し、報酬を得ること以外興味がなかった。婚約が破棄されたあとで、彼らがどうなろうが知ったことではないと思っていた。

けれど今は、あの勇者の台詞が頭から離れない。

――それで、グンター様が浮気を繰り返す理由も聞いたってことか？

ミヒェルが婚約の解消を望んだのは、グンターの気の多さに疲弊したからだ。もし彼の浮気になにかしらの事情があるのだとしたら、ミヒェルの心境も変化するかもしれない。

エリアスは悩んだ末に、グンターに触れていた手を引っ込めた。深く息を吸い込んでから、改めてグンターに目を向ける。

「グンター様は、どのような意図を持って私を部屋に呼ばれたのですか？」

直球の質問に、グンターは「えっ」と戸惑いの声をあげた。あたふたする彼の姿に、照れる気配は微塵も感じられない。下心がばれて焦っているのではなく、もっと別の理由を抱えているせいではないか、とエリアスは思った。

「私の他にも、過去に様々な方に言い寄る姿を見てきたとミヒェル様はおっしゃっていました」

「ミ、ミヒェルが？」

婚約者の名前を口にした途端、グンターの顔色が変わる。

「ええ。しかしグンター様のご様子を拝見したところ、失礼ながら、閨《ねや》での駆け引きに慣れているようには思えず……」

「ミヒェルが、ミヒェルが私の動向を気にかけてくれたということか？　私が他の人間と親しくしていることにやきもきした様子を見せていたとか、そういうことは？」

自身の浮気について婚約者が言及していたと知れば、通常であれば戦々恐々とするはずだ。それなのに、グンターは嬉々として食いついてくる。

思いがけない反応にエリアスは面食らった。しばし思案したのち、もしかして……と口を開く。

「ミヒェル様に嫉妬してほしくて、浮気を繰り返していたのですか？」

エリアスが慎重に問うと、グンターは笑顔を浮かべたまま硬直し、直後に額から首までを真っ赤に染めた。余程恥ずかしかったのだろう。涙目になって「あの、その」と意味のない言葉を繰り返したのち、やがて背中を丸めてうなだれる。

「浮気……の、基準がどこかは分からないが……これまで口説いてきた相手とは、一度も体の関係を持っていない。く、口付けもだ。ミヒェルの目に留まる場所で、わざと他の相手の手や背中に触れることはあったが、それ以上は誓ってなにもしていない」

声を震わせながら訴えるグンターに、エリアスは内心「だろうな」と納得していた。初々しい反応をする彼は、明らかに閨事の経験がない様子だったから。

「お話しください。事のあらましをすべて」

もはや彼に気に入られる必要もない。真剣な面持ちのエリアスに、グンターは観念した様子で語り始めた。

幼馴染みのミヒェルに長い間片想いしていたグンターだが、いざ彼と婚約が決まっても、兄弟のような関係から脱せずにいた。距離が近すぎて彼の恋愛対象にならないのだろうか……と考えたグンターは、少しでも自分を意識してほしくて、あえて他の相手と浮気の真似事をするようになった。

それでもミヒェルは婚約者という立場から叱るばかりで、一向に嫉妬する気配を見せない。悔しさから、本意ではないくせにまた他の相手にちょっかいをかけ……と、その繰り返しだった。

「エ、エリアスは……少しミヒェルと雰囲気が似ている気がして、特に熱心に声をかけた。それでもミヒェルが顔色を変えないから、半ば自棄《やけ》になって部屋まで呼んで……」

体の関係まで持てば、さすがのミヒェルも気にしてくれると思ったのだろうか。グンターの幼稚な発想に目眩を覚え、エリアスは額に手を当てた。

（いや……幼稚なのは私も一緒か）

相手の事情を知りもしないくせに、安易に別れさせ屋の仕事を引き受けてきた。その結果、多くの人の心をもてあそび、将来を約束した二人の仲を引き裂いた。自分の行いの陰で、涙に暮れた人も数え切れないほどいたはずだ。

金を集めることばかりに気を取られ、愚かな行いをしてきたことをエリアスは恥じた。

「もうやめましょう、こんなこと」

エリアスは深く息を吸い込んだのち、グンターの目をまっすぐ見つめて告げた。

「ミヒェル様を愛《いと》しく思っているなら、彼を裏切る行為ではなく、彼に対する言葉と行動でそれを示すべきです。想いを試すような真似をしても、生まれるのは悲しみしかありません」

真摯な言葉でグンターを諭しながら、同時に過去の自分にも言い聞かせる。

別れさせ屋の仕事によって誰が傷つこうと、自分には関係ないと思っていた。その場限りの仕事をするばかりで、他人と関わって生きている感覚が薄かったから、いつしか損得勘定でしか物事を考えられなくなっていた。

けれど今のエリアスには、同じ時間を過ごすことを楽しく思える人たちがいる。嫌われたくないと思う相手がいる。

最初はカロリーナ王女からの依頼で、本性が知られてからはジークハルトたちとの契約に切り替わったものの、その関係はいつしか損得では割り切れないものに変化していた。

——別れさせ屋の仕事の意義が金でしかないのなら、他人の恋心を利用するような真似はやめるべきだ。

ジークハルトの言葉が脳裏によみがえり、エリアスは「そのとおりだな」と胸の内で苦笑する。

もうこんな仕事はやめよう。血の滲むような努力を重ね、石持ちにまで成り上がったのだ。別れさせ屋の依頼ほど大金が手に入るわけではないが、魔術師としての仕事を着々とこなせば、支払いを続けながら細々と生活していくことも可能だろう。

ジークハルトたちが同じ目に遭わされたら、彼らの恋心をもてあそぶ奴が現れたら、自分はきっと烈火のごとく怒るはずだから。

「エリアス……」

おとなしくエリアスの言葉に耳を傾けていたグンターが、感極まった表情を見せた。自分の思いが彼に届いたのだと分かり、エリアスもまた清々《すがすが》しい気持ちになる。

役目を終えたエリアスは寝台から腰を上げようとしたが、直後にぐらりと視界が歪んだ。体から急激に力が抜けていき、ひどい目眩を覚える。魅了の魔法は不発だったにもかかわらず、反動だけはしっかりと出てしまうのが忌々しい。

仕方ない、もうここで少し休ませてもらおう。そう思いエリアスは寝台に手を突いた。しかしそこに、なぜかグンターの手が重なる。

「エリアス……君はなんて優しい人なんだ」

熱を孕んだ声音に驚き、顔を上げたエリアスは、グンターの思いがけない状態に目を瞠《みは》った。彼はうっとりとした表情で自分を見つめており、その虹彩を桃色に染めていた。

（嘘だろう？　魅了が今になって効いてきたということか？）

失敗に終わったと思っていた魔法がきちんと発動していたと悟り、血の気が引く。詠唱が不完全だったせいで、効果が現れるまでに時間がかかってしまったのかもしれない。

エリアスの両肩に手を置き、グンターが顔を寄せてくる。キスを求められているのだと察し、エリアスは慌てて彼の口許を手で覆った。

「いけません、グンター様！　あなたの想い人は他にいるはずです！」

そのまま押し返そうとするが、逆にグンターから体重をかけられ、寝台に押し倒されてしまう。身を重ね、「エリアス……」と切なげに名前を呼びながら、衣服の上から体をまさぐり始めた。

彼を引き剝がそうにも、禁則魔法の反動のせいで体に力が入らず、されるがままになってしまう。こうなったら最後、体力が戻ってくるまでエリアスはなにもできない。

(駄目だ。このまま体の関係を持ってしまったら、彼は絶対に後悔する)

そしてきっと、打ちひしがれる彼の姿を見て、エリアス自身も悔恨の念に苛まれるはずだ。

力で勝てないなら魔法を使うしかないと、エリアスは右手を上げた。けれど魔力を練ろうとした瞬間、鎖骨の間にちりっとした痛みが走る。火傷《やけど》を負ったような感覚に戸惑いながら、再度魔法を発動しようとしたエリアスだが、次の瞬間に瞠目《どうもく》した。

普段は呼吸するように魔力を練り上げられるのに、それができなくなっている。全身を巡っているはずの魔力の気配がちっとも感じられない。魔術の修業を始めた頃、魔力制御の感覚がつかめず何度も陥った症状……魔力切れだ。

(魔力消費量の多い禁則魔法を使用したから……? いや、だが、これまで何度使用しても、魔力切れを起こすような事態にはならなかった)

予想していなかった事態に、エリアスは頭の中が真っ白になった。そうする間にも、グンターはエリアスのシャツの裾を引っ張り、中へ手を差し入れようとする。

「やめてください! 目を覚ましてください、グンター様……!」

エリアスは必死に抵抗するが、全身が気怠く、押し返す力は弱々しい。

誰かに助けを求められないだろうか。そう考えた瞬間、頭の中に一人の男の顔が浮かぶ。手のひらで淡い光を放つ、星のような金平糖の記憶とともに。

「助けろ、ジークハルト!」

グンターの体の下でもがきながら、エリアスは懸命に声をあげた。その言葉に反応し、エリアスを中心にぱっと黄色の光が弾ける。

それを目にした途端、爛々《らんらん》と光っていたグンターの目が虚《うつ》ろになった。まぶたを伏せると同時に脱力し、ぐったりとのしかかってくる。

金平糖に付与した魔法が無事に発動したらしく、エリアスの上でグンターは寝息を立て始めた。

「助かった……」

一気に緊張の糸が解け、エリアスは四肢を投げ出し天を仰いだ。しかしほっと息をついたのも束《つか》の間《ま》、ドンドンッと大きな音を立てて部屋の扉が叩かれる。

「エリアス！　大丈夫か⁉」

切羽詰まったジークハルトの声にエリアスはぎょっとした。まさか本当に助けに来るとは思わなかった。金平糖に付与できる魔法は一粒につき一種類のみなので、催眠魔法がかけられている今、魔法の発動を通知する効果は備わっていないはずだが。

ジークハルトは廊下側からドアノブを何度も回していたが、あいにく扉は施錠されている。「クソッ」と、彼が苛立った声を漏らすのが聞こえた。

「待ってろ、今蹴破って……」

「ま、待て待て！　私は無事だ。扉ならこちらから開ける」

いくら勇者と言えど、貴族の屋敷の扉を蹴破ったら大事になるはずだ。慌ててグンターの体を退《ど》け、エリアスは寝台から立ち上がった。

異様な倦怠感《けんたいかん》と、脳を揺さぶられているのかと思うほどの強い目眩はいまだ続いている。いくら禁則魔法を使ったとしても、以前はこれほどひどい反動は来なかったはずだ。

なにかがおかしい。そう思いながら、エリアスは重たい足を必死に動かし扉に近づいていった。カチャリと音を立てて解錠すると、すぐさま廊下側から扉を開けられる。

「エリアス……ッ」

平服姿のジークハルトは、勢いよく部屋に突入しようとしたものの、思いのほか近くにエリアスが立っていたため踏み留まったようだ。力強い双眸は臨戦態勢の獣のように底光りしている。焦りと怒りが一緒くたになった表情は、普段の飄々とした態度からは想像もつかないほど余裕が見られない。

それがおかしくて、けれど無性にほっとして、エリアスは堪らず笑みをこぼした。

「……ふ、……なんて顔をしているんだ」

目許を綻ばせ、気の抜けた笑顔を見せる。彼の顔を見たら張り詰めていた糸が切れたのか、エリアスの体は前方に傾いた。それをジークハルトが抱き留めてくれる。

「とにかく部屋に帰ろう。認識変化の眼鏡をかけて部屋のそばをうろついていたけど、ほとんど人が通らなかったから見つからずに戻れるはずだ」

彼の腕の中で、エリアスは「なるほど」と納得した。

認識変化の眼鏡は阻害と異なり、周囲にいる人間に「その場にいても不自然ではない人物」と思わせる魔道具だ。ジークハルトが廊下をうろうろしていても、他の人には従者の姿として見えていただろう。これもまた魔道具屋で手に入れたに違いない。

（私がグンター様のもとへ向かうのを、こっそり追いかけてきていたのか。助けを求める声があがったときのために、部屋の近くでずっと待機していたと……そういうことか？）

案外と泥くさいやり方で守ってくれていたのだと思うと、抑えきれない笑いが込み上げてくる。同時に、胸が熱くなるほど嬉しかった。ジークハルトの肩を借り、体を支えられながらエリアスは元来た道を戻っていく。

客室にたどり着くと、ジークハルトは部屋の明かりもつけずまっすぐ寝台へ向かった。エリアスのみを寝かせるつもりだったようだが、足がもつれ二人揃って倒れ込んでしまう。

仰向《あおむ》けに転がったジークハルトの上に、エリアスの体が重なった。

「び……っくりした。大丈夫か？　エリアス」

寝台に肘をついて上体をわずかに起こし、ジークハルトが焦った様子を見せる。窓から注がれる月明かりが彼の彫りの深い顔を照らしていて、その男らしい風貌に不覚にも胸が高鳴った。

ジークハルトが態勢を変えようとするのを、エリアスは胸元に縋《すが》って引き留めた。

「このままで構わない。……ジークハルトの体温が気持ちいい」

彼のシャツをぎゅっと握り、厚い胸板に頬を寄せる。二人の部屋に戻ってきたことで安心し、いつもはしないような行動を取っている自覚はあった。それでも今は矜持や体裁よりも、彼の腕の中にいる心地よさを選んでしまう。

エリアスらしくない言動に、ジークハルトがすぐそばで喉を鳴らした。一瞬だけ体をこわばらせた彼は、はー……と深い溜め息をついたあとで、もぞもぞと足を動かして靴を脱ぎ始めた。このまま同じ寝台にいてくれるのだろう。エリアスも同じように、寝台の脇に靴を脱ぎ捨てる。

ジークハルトはエリアスの体に左腕を回すと、腰の位置をずらし、枕で上体を支えつつ壁に頭を預けた。

「なんだよ……。そんな可愛い甘え方をするの、反則だろ」

困ったような声音でぼやきながら、左手でそっとエリアスの髪を撫でる。その手つきは優しく、大切なものを扱うような繊細さだ。染み入るような多幸感が胸に広がり、エリアスの心は解けていく。

（そうか。今私は、ジークハルトに甘えているのか）

気づかなかった。依頼対象者の好みの人物に変身し、庇護欲を掻き立てるべく「甘えた振り」をすることはあっても、素の自分のままで誰かに甘えたことなどなかったから。

「ジークハルトの言ったとおりだった」

彼に身を預けたまま、エリアスはぽつりと漏らす。

「グンター様とミヒェル様のことをなにも分かっていないくせに、その仲を掻き回すような真似をして、危うく取り返しのつかない事態を招くところだった。……ジークハルトにえらそうに説教しておきながら、目先のことしか見えていなかったのは私のほうだ」

全身で彼の体温を感じるうちに気持ちがゆるみ、胸の奥につかえていた言葉がするするとこぼれた。

落ち込むエリアスを慰めるように、ジークハルトは無言で手を動かし続ける。時折指先が耳の縁を掠め、エリアスはくすぐったさに身を捩《よじ》った。「ん……」と微かに声を漏らすと、重なっている彼の体が少しばかり熱くなった気がした。

なにかを誤魔化すかのように一つ咳払いをしてから、ジークハルトは口を開く。

「それでも……よくないことだって自分で気づいたから、俺に助けを求めたんだろ？　エリアスの考えが変わるきっかけになったんなら、今回の依頼を受けたことにだって、ちゃんと意味はあったんじゃないか？」

　エリアスの失態すら前向きに受け止めてくれる彼の、温もりを感じるその言葉に、密着した胸がとくとくと音を立てた。わずかに顔を上げると、こちらを見ていたジークハルトと視線がぶつかる。

　精悍な顔をくしゃりと崩し、子供のように屈託のない笑みを見せる彼の、そのまぶしさにエリアスは目を奪われた。

「俺ばかりが、エリアスから大事なことを教えてもらってる気でいたからさ。俺たちと一緒にいることで、エリアスの心が少しでもいいほうに変わっているなら嬉しい」

　慈しみに満ちた眼差《まなざ》しを向けられると、ぎゅっと胸が詰まるような心地になる。温かくて幸せなのに、同時に切なさが押し寄せるような感覚は、二十五年の人生で初めて抱くものだ。

　無性に気恥ずかしさが込み上げてきて、ジークハルトと目を合わせていられなくなり、エリアスは彼の胸に頰を寄せた。自分のよりも高い体温が心地よく、禁則魔法の反動とグンターに抵抗した疲れからか、意識が少しずつ遠のいていく。

「私のほうこそ、ジークハルトたちからたくさんのものをもらっている。……ありがとう。さっきも、ジークハルトが来てくれてほっとした」

　ぬるま湯に浸されているようなまどろみの中で、エリアスは素直な心情を吐露した。ジークハルトの体温をもっと近くに感じたくて、胴に左腕を回してぎゅっと抱きつく。からかわれるかな、と思ったが、彼はなんの反応も示さない。

おずおずとジークハルトの反応をうかがうと、彼は頰から耳までを赤く染め、なにかを堪えるように唇を結んでいた。エリアスに顔を見られたことを悟ると、慌てた様子で視線を背ける。

顔を覗き込もうとして身を乗り出したエリアスは、腹の辺りに固いものがぶつかっていることに気づいた。そちらに目を向けようとすると、ジークハルトが「見るなって……」とくぐもった声で制止する。その一言で彼の状態を察した。

「ジークハルトは私で勃《た》つのか？」

うとうとしていたことも忘れ、エリアスは真顔で尋ねた。その言葉に、ジークハルトは赤面したまま眉間に皺を寄せる。

「勃つに決まってんだろ……」

当然だろうと言いたげな返事に、エリアスは一拍ののち噴き出した。不貞腐《ふてくさ》れた様子の横顔がやたらと愛らしく思えてきて、機嫌よくジークハルトに身を寄せる。

胸板にぺたりと頰をつけて腰に腕を回すと、「だあーもう……」と弱った声が降ってきた。

「ふふ、まあ、母譲りの自慢の顔だからな」

「はいはい。そうですよ、エリアスのお顔は非常に魅力的ですよ」

「残念だったな。禁則魔法の反動で体が重いから相手をしてやれない」

「しなくていいっての。そりゃ最初の頃はうっかり誘いに乗ろうとしたけどさ、エリアスはもう俺たちにとってかけがえのない仲間なんだから、勢いや空気に流されて悪戯に手を出したりしないって」

その言葉は本当だろう。軽薄な台詞でからかってきたり、親しげに肩を抱いてきたりするものの、ジークハルトは基本的に身持ちの堅い男だ。行く先々で年若い女性に好意を向けられていたが、彼は一度もそれに応えなかった。

納得する反面妙な寂しさも覚えて、エリアスは無言でまぶたを伏せる。そうか、ジークハルトが自分と関係を持つことはないのか……と思うと、隙間風が入り込んだように胸の中が冷えた。

「疲れてるんだろ？　もう休めよ」

再び頭に載った手が指の間に髪を通し、梳《す》くような動作で撫でていく。そうやって優しくされるともう駄目で、エリアスの意識はあっという間に蕩《とろ》けてしまう。

眠りに落ちる直前、たくましい腕に抱きしめられた気がした。けれどもしかしたら、それも心地のいい夢だったのかもしれない。

「……顔だけじゃないだろ」

という、甘く掠れた声が聞こえてきたことも。

ミヒェルからの依頼は結局、未達成のまま終了となった。

翌日にミヒェルから声をかけられ、「グンター様から正直なお気持ちを聞かせていただいた」として、依頼を取りやめたい旨を伝えられたのだ。エリアスとしても断るつもりだったが、グンターが勇気を出して行動したことが分かり、温かな気持ちになった。

「僕に嫉妬させたくて他の人にちょっかいをかけるなんて……まったく、困ったお人です」

ミヒェルはそう言って呆れる素振りを見せていたが、そわそわと落ち着かない様子や赤らんだ頬から、隠しきれない喜びが滲んでいた。依頼をしてきたときは、グンターに未練などないようなあっさりした態度を取っていたが、彼も少なからず婚約者に想いを寄せていたのだろう。

相手への気持ちがまったくなければ、どれほど浮気をされても気に留めないからな……と、あとになって気づきエリアスも反省した。

エリアスを押し倒したことについては、朝食のあとにグンターから呼び止められ謝罪を受けた。緊張を和らげるべく事前に葡萄酒《ぶどうしゅ》を飲んでいたらしく、酔いが回った末に誤った行動を取った……と判断したらしい。実際はエリアスの魔法のせいなので、彼に謝らせてしまったのが心苦しかった。

(やはりもう、禁則魔法など使用するべきではないな)

旅支度を済ませ、ジークハルトたちとともにチタディレストの街を発《た》ったエリアスは、草地の中心に延びる一本道を歩きながら胸の中でつぶやく。

見送りに来てくれたグンターとミヒェルは、隣に並ぶことに照れている様子だった。初々しい二人を見ていると気持ちが和むが、同時に、彼らの仲を引き裂こうとしていたことに背筋が冷えた。魅了の魔法がすぐに効果を現していたら、グンターの本心を知る間もなく、彼と体の関係に至っていたことだろう。

（魔法が不完全だったのも、詠唱中にジークハルトが部屋に入ってきたからだ）

隣を歩くジークハルトをちらりとうかがう。すると、それに気づいた彼が「ん？」と首を傾げた。優しい眼差しを向けられるとなぜか焦りを覚えてしまい、エリアスは慌てて視線を逸《そ》らす。

「もしかしてまだ本調子じゃないのか？　体がつらいならもう少し歩く速度を落とすけど」

「い、いや……平気だ」

顔を覗き込むようにして尋ねてくるジークハルトに、エリアスはこもった声で返した。いつものように肩や腰を抱かれたわけではないのに、距離の近さを意識しただけで鼓動が速まり、平静を保つのが難しくなる。

エリアスの反応がいつもと違うことに、ジークハルトもまた気づいたようだ。面白がって揶揄するかと思いきや、ジークハルトは瞠目したのち、ぎこちない動きで元の位置に体を戻す。

横目でこっそりうかがうと、正面を向いた彼は目尻をほのかに赤くしていた。

「それならいいけど……」

照れを誤魔化すように後頭部を掻き、ジークハルトがぽつりと漏らす。むずがゆい空気に耐えられず、エリアスは唇を結び視線を落とした。

（たった一度、気持ちが弱っていたせいでうっかり甘えただけだろう。……変に意識しないでくれ）

自分だってどぎまぎしているくせに、恥ずかしさが募りつい彼ばかりを責めてしまう。どちらかがいつもと変わらない態度であれば、少しずつ冷静さを取り戻せたはずなのに、互いに照れているせいで妙な空気になっていた。

エリアスは咳払いをして誤魔化すと、テオフィルを振り返る。

「探知魔道具がチタディレストに反応し続けた理由は、結局分からないままだったのだな？」

「ええ。今朝《けさ》になって急に他の場所を指したときは驚きました」

腕組みをし、テオフィルは「うーん」と首を捻る。

この二週間、一行はチタディレストをくまなく調査したが、邪気を放っていそうなものは見つからなかった。その間も何度か転移魔法による速達で国王と手紙をやりとりし、このままの状態が続くようなら一度王都へ戻ろうという話が浮上していた。

そんな矢先、回転し続けていた探知魔道具の針が止まり、西の方向を指したのだ。昨日と今日とで、チタディレストの街に大きな変化があったようには思えず、エリアスたちは訳も分からぬまま旅を再開した。

「やっぱり、魔王はまだ魂だけの存在でしかない……ってことになるのか？」

首の後ろに手を当て、ジークハルトが弱った顔を見せた。実体がないものを再封印することは難しいため、魂の動向を見守りつつ一時待機となる可能性もある。十年間その状態が続いていたジークハルトにとっては不本意だろう。

エリアスたちが頭を悩ませる中、ランドルフたちは呑気《のんき》な会話をする。

「王都に戻るなら、俺はふくら饅頭《まんじゅう》が食べたい」

「ああ、おいしかったですよね。でもあれ、確か行商市で露店商から買ったんじゃありません？」

「そういえば……」

「だとしたら、あちこちを移動して回ってるし、ちょうどよく手に入るかは分からないですよ」

テオフィルの指摘に、ランドルフが露骨に肩を落とす。誰よりも恵まれた体軀を持つ男が、饅頭一つでしょんぼりする姿がおかしくて、エリアスはくすくすと笑い声を漏らした。

ジークハルトの腰元で、探知魔道具から光が漏れ出たのはそのときだった。邪気に反応しているのだと悟り、ジークハルトは慌てて蓋を開ける。

すると、それまで進行方向を指していた針が時計回りにゆっくり動き始めていた。魔王が移動しているのか……？　と思ったが、針の動きを目で追ううちに、それが正面からやってきた女性に合わせて進んでいることに気づく。

個人で活動する冒険者だろうか。背中に弓を背負った彼女は、手の中にあるなにかを眺めながら、上機嫌な様子で歩いていた。四人で目配せをしたのち、テオフィルが代表して彼女に近づいていく。

「突然すみません。少しお尋ねしたいことがありまして……」

警戒されないようテオフィルがにこやかに声をかけると、余程手の中のものに気を取られていたのか、女性はびくっと肩を震わせた。その拍子に彼女の手から小さな石が落ちる。

地面を転がってジークハルトの足元までやってきたのは、組紐《くみひも》で括《くく》られた桃色の石だった。

ジークハルトがそれを拾い上げると、左手に持っていた探知魔道具の針が激しく左右に揺れる。留め具の魔石も赤く光り、魔王の邪気の反応があることを知らせていた。思いがけない結果にエリアスたちは息を呑む。

「この石は一体どこで手に入れたんですか？」

小走りに近づいてきた女性に、ジークハルトが真剣な面持ちで尋ねた。全員の視線を浴び、女性が戸惑った表情を浮かべる。

「行商の方から購入したんです。『幸せを呼ぶ石』として流行《はや》っていると聞いて……」

（……幸せを呼ぶ石？）

その言葉に、エリアスは一気に頭が冷えていくのを感じた。

まるで記憶の蓋を強引にこじ開けられたかのように、八年前の光景が脳裏によみがえってくる。

派手な鏡や壺、丁寧に祀られた石など、様々なものであふれた部屋。その中心で深くうなだれ、憔《しょう》悴《すい》した様子を見せる男性。彼の胸元で光る乳白色の石が、禍々《まがまが》しい気を放っていたこと。

エリアスの父代わりだったその人は言っていた。『この石を身につけていれば、幸せになれるはずだったのに』……と。

冷たくなった唇を噛みしめ、わなわなと震えるエリアスに、なにかがおかしいとジークハルトたちも悟ったのだろう。石を買い取らせてほしいと女性に告げ、代金を手渡すと、エリアスを支えるように肩を抱き歩を進めた。

道の先に古い倒木が見えてくると、そこへエリアスを座らせる。

「エリアス……この石のこと、なにか知っているのか？」

すぐそばに片膝をついたジークハルトが、エリアスを見上げ慎重な口振りで尋ねた。右手に目を向けると、彼は握っていた石をおもむろに差し出す。エリアスは固い面持ちでそれを摘み上げた。石の表面にはざらつきがあった。指の腹で擦ってみると、皮膚に桃色の塗料が移っている。以前エリアスが購入した浄化石のように、クズ石と間違われて塗装されたのだろうか。

(もしくは、なにかしらの意図を持ってあえて着色した……?)

たとえば、特権階級のような高い魔力を持った魔術師が、その石から放たれる強烈な気を悟らないように。

「テオフィル、聖水を用意できるか? この石を洗い、表面を覆う塗料をすべて清めたい」

エリアスの指示に、テオフィルは「分かりました」とすぐに準備に取りかかった。

その間に、エリアスは両手で石を閉じ込め、中心に意識を集中させる。魔王の邪気を捉える探知魔道具が反応するような石だ。塗装を落とすことによって危険な目に遭ってはならないと、事前にその正体をある程度探っておきたかった。

全身に流れる魔力を手のひらに集め、危険察知の魔法を発動させる。少しでもおかしな点があればすぐに魔力が反応するはずだ。小さな物質に傷をつけないようにしつつ石の正体を探るには、繊細な魔力制御を行う必要がある。

前日感じたものと同じ痛みが、鎖骨の間に走ったのはそのときだった。思わず顔を歪めると同時に、急激に体が重くなっていく。体を巡っていた魔力がどんどん薄れていくのを感じた。

(まさか……この程度の魔法を使っただけで魔力切れを起こしたというのか?)

強い目眩に苛まれる中、エリアスの脳裏にとある契約がよぎる。

ジークハルトが隣にいることも忘れ、エリアスは慌てて空中に手をかざした。線を引くように右手を動かすと、一枚の羊皮紙が空中に浮かび上がる。

黒い靄をまとって現れたその書面には、途方もない額を借りた人物の名前と、彼に代わりエリアスがその金を返済する旨が記されていた。毎月、月末までに最低でも金貨一〇〇枚を支払わなければ、代償としてエリアスの魔力を奪うことも。

「金貨一〇〇枚だと……⁉　冗談だろう。最低支払額は金貨三〇枚だったはずだ」

いつの間にか、契約したときの三倍以上の金額に跳ね上がっていたことを知り、エリアスは声を震わせた。同じ書面を見ていたジークハルトが、すぐそばで困惑を露わにする。

「この契約書は一体……」

彼の問いが終わらぬうちに、エリアスは強い力で首を締められるような息苦しさを覚えた。同時に、体の内側を流れる魔力が強制的に奪われていく。八年前、とある金貸しと交わした契約によって。

「ぐう……ッ！」

「エリアス‼」

喉を掻きむしって悶《もだ》えるエリアスに、ジークハルトが動転する様子を見せた。みるみるうちに視界が狭まり、意識が遠のいていく。倒れる体を支えるべく、ジークハルトがこちらに腕を伸ばすのが分かった。

少しでも苦しみを和らげようと、自分でも気づかぬうちにシャツの釦を引きちぎったのだろうか。アメシストのブローチが外れ、地面を転がっていく。自分の手元から離れていく、「優秀な魔術師」

としての証をぼんやりと眺めているうちに、やがて意識は闇へ沈んだ。

最初に視界に飛び込んできたのは、見覚えのない天井だった。

周囲の状況から、どうやら自分はどこかの家に運ばれ、寝台の上に仰向けになっているのだと悟る。ローブは脱がされていて、シャツとスラックスの姿になっていた。

（そうだ。確か外で倒れて……）

窓の外から覗く空はまだ日が高く、意識を手放してからさほど長い時間は経っていないように見える。状況を確認しようとエリアスが身動ぐと、その気配を察したらしい人物が、視界の端で勢いよく腰を上げた。

「エリアス……！」

ガタンッと椅子が跳ねる音がして、見れば、ジークハルトが悲痛な表情でエリアスの顔を覗き込んでいる。

「意識が戻ったんだな。大丈夫か？　どこかつらいところはあるか？」

「平気だ。目覚めたばかりでまだぼんやりはしているが……」

それを聞き、ジークハルトはようやく安堵した様子で深い溜め息をついた。力が抜けた様子で再び椅子に腰を下ろすと、エリアスの右手を両手で握り、額に押し当てる。

「心配した……本当に」

余裕のない表情を見せるジークハルトに、不安にさせて申し訳ない気持ちが込み上げる反面、くすぐったい心地も覚える。彼の声を聞いてエリアスが目を覚ましたことを悟ったらしく、部屋の外にいたテオフィルとランドルフも慌てた様子でやってきた。

「魔力切れを起こして倒れたんです。進行方向に民家が見えたので、エリアスをそこに運んで、事情を話して部屋を貸してもらいました」

テオフィルの説明を聞いているうちに、倒れる直前の記憶がよみがえってくる。

探知魔道具が反応した桃色の石、首を絞められるような息苦しさ、暗転する視界……。まぶたの裏に様々な光景が浮かび、最後に古い書類が現れる。

エリアスが知らぬ間に、数字が書き換わっていた契約書が。

（まさか……――）

冷たくなった唇を引き結び、エリアスは寝台に手を突いて体を起こそうとした。しかし腕に力が入らず、ガクッと肘が曲がり再び後ろに倒れそうになる。

咄嗟に背中に腕を回し、それを支えてくれたのはジークハルトだった。

「大丈夫か？」

彼の腕に抱き留められ、エリアスは「ああ……」と頷く。視線が落ちた拍子に、自分のはだけた胸元が目に留まった。普段は第一釦までしっかり留められた黒いシャツは、今は第二釦まで開けられている。

それが意味するところを察し、エリアスははっとした。慌ててシャツの合わせ目を手で押さえる。

唖然としながら周囲を見回すと、枕元にアメシストのブローチが置かれていた。首を絞められるような息苦しさに喘ぎ、掻きむしるうちに取れたことを思い出す。

（……、……嘘だろう……？）

頭がうまく回らず、言葉が出てこない。青ざめた顔で恐る恐るジークハルトをうかがうと、彼は暗い面持ちでエリアスを見つめていた。

その表情だけで、エリアスは察した。

見られてしまった。知られてしまったのだ。エリアスが抱える秘密について。

「少しでも呼吸が楽になるように、シャツの胸元を開けたんだ。……勝手なことをして悪かった」

鎖骨の間にある模様を目にしたのは、ジークハルトだけではないようだった。テオフィルとランドルフも、表情をこわばらせたまま、どこへ視線を向ければいいのか分からない様子でいる。

体中の血が凍りついたように、急激に体温が下がっていく。次に言われる言葉に備え、エリアスは臍《へそ》の辺りにぐっと力を込めた。

「鎖骨の上のそれ……隷属印、だよな?」

戸惑いも露わに尋ねられ、エリアスは目の前が真っ暗になるような心地がした。

短い鎖が十字を描く模様は、「隷属」の契約を結んだ証とされている。隷属印を持つ者は契約書の内容に則り、身体活動や使用できる魔法などに制約を受けた。場合によっては生命を脅かすほどの強制力を持つため、マギシュタイラ王国での使用は厳禁とされている。

エリアスの鎖骨の間に隷属印があることを知る者はいない。人前で肌を露出する際は、変身魔法をかけて印を隠してきた。まさかこんな形で、ジークハルトたちに知られてしまうなんて思ってもみなかった。

隷属の契約が合法の国では、その印を持つ者は最底辺の地位に成り下がると聞く。ジークハルトの顔が見られず、エリアスは胸元を握ったまま深くうなだれた。

（憐れまれるだろうか。それとも、隷属印が刻まれた奴を仲間に加えたことを悔やむか……？）

失望の眼差しを向けられることには慣れているはずだった。けれど、彼が自分に向かって嫌悪の表情を浮かべる姿を想像したら、それだけで震えるほどの絶望を覚える。受け入れてもらえる喜びを知ったあとだから、余計に。

「聞いてくれ、エリアス」

エリアスがうなだれる中、大きな手が背中に添えられる。

「言いたくなかったら話さなくていい。どんな事情があったとしても、エリアスが俺たちの大切な仲間であることに変わりはないから」

宥《なだ》めるように背中をさすりながら、ジークハルトは慎重に言葉を紡いだ。優しく寄り添うようでもあり、力強く支えるようでもある声音。

それに導かれ、エリアスがおずおずと顔を上げると、ジークハルトと視線がぶつかった。男らしい目許を綻ばせ、彼は穏やかな笑みを見せる。迷いなど微塵もない、自分を信じる勇者の笑顔だ。

「だけど、もしエリアスが困っているなら頼ってほしい。そのときは絶対に、どんな手を使ってでもエリアスを助けてみせる」

夜空に瞬く星のような双眸には、憐れみも蔑みも感じられなかった。それはテオフィルとランドルフも同じだ。

「軽薄で調子のいいところがあるジークハルトを、この十年間、完璧な勇者として国民に信じ込ませたのは僕の采配ですよ？　作戦を練るのには自信があります」

「俺はあれこれ考えるのは得意ではないが、機動力なら誰にも負けない。戦闘民族の血を活かし、エリアスを困らせる敵は全力で捻《ね》じ伏《ふ》せてみせる」

頼もしい姿を見せる三人に、エリアスは沈黙ののち、くしゃりと表情を崩して笑った。

自分は今まで、彼らのなにを見てきたのだろう。身分や生い立ちによって態度を変える人々ではないと分かっていたはずだ。それなのに臆病な気持ちにより、三人を疑ってしまった自分を恥じた。

エリアスはまぶたを伏せてしばし口を閉ざす。次に彼らに目を向けたときには、躊躇いや怯《おび》えはすべて消えていた。

「聞いてほしい。私の身に起こったすべてを。……そのために、着いてきてほしい場所がある」

意を決して告げるエリアスに、信頼する仲間たちは深く頷いた。


田舎《いなか》町にある孤児院は修道院に併設されていて、年代も様々な修道士たちが、庭園を駆け回る子供たちに穏やかな眼差しを向けていた。

八年前に訪れたときは雑草が伸び放題だった庭園も、今は綺麗に整えられている。レンガ造りの壁を覆い尽くすほど絡んでいた蔦《つた》も、すっかり取り払われ温かみのある橙色《だいだいいろ》が覗いていた。

正門の前に立ってその光景を眺めていたエリアスは、のどかな光景にほっと息をつく。それでも敷地に足を踏み入れる勇気がなかなか湧かずにいると、斜め後ろに立ったジークハルトがそっと背中に手を添えてきた。

「……平気か？」

気遣わしげに尋ねられ、エリアスは数秒の沈黙ののち、「ああ」と答えた。逃げ出したくなる気持ちを堪えて必死に自分を奮い立たせ、石畳の上を一歩ずつ進んでいく。

八年ぶりに訪れた懐かしい場所。この孤児院こそが、エリアスが八歳から十四歳まで過ごした、第二の我が家だった。

子供たちを見守る一人――司祭服に身を包んだ男性が、来客に気づき顔を上げる。颯爽と近寄ってくる姿は若々しく、前任の司祭より年齢が近いことがうかがえた。

どこの修道院からやってきたのだろう、と考えていたエリアスは、顔がはっきり見える場所まで近づいてきた司祭を見て驚く。彼もまた、来客の正体を知って目を丸くした。

「久しぶりだな、エリアス！」

「フランツ……この院の司祭になっていたのか？」

今年で二十七歳になるはずの年若い司祭は、明るい表情でエリアスを出迎える。

人好きのする素朴な青年らしさを醸すフランツは、同じ孤児院で育った兄貴分だ。気さくでおおらかな性格のため誰からも慕われていて、エリアスが魔術師に弟子入りする頃は、まだ見習い修道士として修業に励んでいた。

「司祭代理だけどな。ほら……前の司祭様が、お務めを続けるのが難しくなってしまっただろう？最初は他所《よそ》の修道院から代理が派遣されていたんだが、孤児院の運営についてよく知っている者のほうが適任だろうと言われ、三年前から僕がその務めを果たしているんだ」

控えめな調子で説明するフランツに、エリアスは「そうか……」と答えるのが精いっぱいだった。

隣に立ったジークハルトが、気遣わしげにこちらを見ているのが分かる。

フランツにジークハルトたちを紹介し、勇者の仲間として魔王の再封印を目指していることを伝えてから、エリアスはおもむろに口を開く。

「司祭様はどちらにいらっしゃるんだ……？」

その言葉に、フランツは困ったように眉尻を下げ、背後に建つ修道院に目を向けた。

「今の時間は礼拝所にいるはずだよ。食事の時間以外は毎日祈りを捧げていらっしゃるから。……お話ししていくか？」

芳しくない反応に、あまり司祭の状況がよくないことを察する。それでも会わないわけにはいかなかった。確かめなくてはならないことがあるし、エリアスには彼と向き合う責任がある。

フランツに案内を頼み、ジークハルトたちとともに礼拝所へ向かう。深紅の絨毯《じゅうたん》が敷かれたその場所は、小さいながらも厳かな雰囲気を醸し出していた。コウモリ天井に向かって伸びる柱頭には聖紋が彫られており、色ガラスがはめ込まれた縦長窓からは穏やかな陽光が差している。

夕飯の支度に取りかかる時間だからか、参拝者の姿は見られなかった。ただ一人、連なる長椅子の最前列に男性が座っている。記憶よりも随分と小さくなった背中に慎重に近づいていった。

フランツとともに長椅子の前に回り込んだエリアスは、その姿にぎくりとした。

年齢は五十代半ばのはずだが、頬は痩《こ》け、目許がくぼんでいるせいかもっと高齢に見える。子供たちの父代わりを務めていた司祭は、当時の頼もしさなど見る影もなく憔悴しきっていた。祈りを捧げるのが日課だとフランツは言っていたが、手を組む様子もないため、事情を知らぬ者からすれば目的もなく座っているようにしか見えないだろう。

その変わり果てた姿を目にすると、重苦しい感情が込み上げてくる。自分の罪と向き合うのが怖くて、エリアスは長い間司祭のもとを訪れることができずにいた。

「……司祭様。エリアスが来てくれましたよ」

彼のそばに立ち、フランツが労《いたわ》るような声音で話しかけるが、司祭は虚ろな目で宙を眺めるばかりだった。焦りとも不安とも判断がつかない、ざわざわとした感覚に襲われ、エリアスは手の震えを抑えるように拳を握りしめる。

フランツに目配せをしてからエリアスは一歩前に出た。司祭の前に腰を落とし、床に片膝をつく。

「お久しぶりです、司祭様。エリアス・クラテンシュタインです。お加減はいかがですか？」

できるだけやわらかい声音になるよう意識して話しかけたが、やはり司祭は反応を示さなかった。なにを尋ねても無駄かもしれない……と思いつつ、エリアスは準備してきた質問を投げかける。

「お尋ねしたいことがあります。この数ヵ月の間で、司祭様のもとに不審な男が訪ねてきませんでしたか？　もしくは、見慣れぬ顔の修道士が声をかけてきたとか」

「……え？」

戸惑いの声をあげたのはフランツだ。エリアスが隷属の契約を交わしたことを彼は知らないが——。

(具体的なことをあれこれ聞くと、フランツに気取られてしまうか……)

これ以上の質問を諦め、エリアスは腰を上げようとする。すると、それまで無反応を貫いていた司祭が微かに身動いだ。

「エリ……アス……」

消え入りそうな声で名前を呼んだ司祭は、唐突にわなわなと震え始める。見開いた目から大粒の涙を落としたかと思うと、両手で頭を抱えかぶりを振った。

「エリアス……すまない、すまない……ッ！　私が愚かだったのだ……！」

「司祭様、落ち着いてください！」

フランツが錯乱する司祭の肩をつかんで必死に宥めようとする。その声が聞こえたのか、外にいた修道士も慌てて中に入ってきた。彼らに支えられ、ようやく落ち着いた司祭は覚束《おぼつか》ない足取りで礼拝所をあとにする。

重たい沈黙が落ちる中、エリアスは後方にちらりと目を向けた。一連のやりとりを少し離れた場所から見守っていたジークハルトは、視線に気づくと小さく頷く。「そばについているから」と、雄弁な眼差しが語っている気がした。

「ジークハルトたちと少し話したい。どこか静かな場所を借りてもいいか？」

その願い出にフランツは快く了承し、「今の時間帯はほとんど参拝者がいないから」と、このまま礼拝所を使うよう提案した。エリアスたちを残して礼拝所を立ち去り、重たい扉を閉める。エリアスたちが戻るまで、誰も入らないようにしておくとのことなので、会話を邪魔される可能性もない。

通路側の四台の長椅子の端にそれぞれ腰かけると、エリアスは曲線を描く天井を見上げ深く息を吸い込んだ。

「驚かせて悪かったな」

苦笑交じりに切り出したエリアスに対し、ジークハルトは首を横に振る。

「エリアスはここの孤児院で育った……って言ってたよな。さっき会った司祭様とも親しくしていたのか？」

慎重な口振りで問われ、エリアスは「ああ」と頷く。それから太股の間で手を組み、しばし口を閉ざした。幾度となく祈りを捧げにきた懐かしい場所を見つめたのち、静かに語り出す。

「司祭様は私にとって父のような方だった。八歳で唯一の肉親だった母を失い、心を閉ざしていた私に向き合い、深い愛情で包んでくださった」

孤児院にやってきた当初のエリアスは、一切の交流を拒み、ひたすら殻に閉じこもっていた。

それでも司祭は決して投げ出さず、根気よくエリアスに向き合った。毎日声をかけ、些細《ささい》なことでも褒め、悪いことをしたらきちんと叱ってくれた。見返りの必要のない愛情を一身に注いでくれたことで、頑《かたく》なだったエリアスの心も少しずつ解けていった。

彼は母以外で初めて出会った「尊敬できる大人」だった。

兄貴分のフランツが面倒を見てくれたこともあり、エリアスは他の修道士や孤児院の仲間とも徐々に打ち解けられるようになった。

「十四歳になったときに、魔術師のクラテンシュタイン氏が訪ねてきた。彼は母の師を務めた人だったのだが、母が亡くなったことと一人息子がいることを数年後に知って、私を心配し捜してくださっていたそうだ」

エリアスが魔力持ちだと分かると、クラテンシュタインは『私のもとで修業をしないか』と提案してきた。魔術師になれば高い収入を得られ、生活に困ることはない。弟子の子供の行く末を、彼もまた案じてくれたのだろう。

けれどエリアスはその申し出に即答できなかった。自分に魔力があることは母から教えられていたものの、どれほど練習に励んでも魔力制御がうまくいった試しがなかったのだ。

『私には才能がないんです。いくら努力したって、きっと魔術師になんてなれない』

一度帰宅することにしたクラテンシュタインを玄関先で見送り、司祭と二人になると、エリアスは隠していた本音を吐露した。その言葉に司祭はひょいと眉を上げ、エリアスの前にしゃがみ込んでやわらかく表情を綻ばせた。

『確かに、魔術の道は険しいと聞きます。修道士の中でも白魔術を扱える者は一握りしかおりませんから。……でも、今のエリアスに必要なのは才能ではなく、挑戦する意思と自信だと思いますよ』

エリアスの目を見つめ、司祭は丁寧に言葉を重ねる。

『努力の先に必ずしも成功が待ち受けているわけではありませんが、挑戦をしないことには失敗する権利すら与えられません。才能がないと思っているなら、積み重ねた努力を自信にしてください。自分は努力できる人間だということを誇り、新たな挑戦をするための礎にしてください』

温かくも力強い言葉は、エリアスの胸にまっすぐ届いた。自分の力を信じることができなくても、尊敬する司祭の言うことなら信じられると思った。

こうして、エリアスは魔術師のクラテンシュタインに弟子入りした。以前ジークハルトに話したとおり、弟子の中には意地の悪い奴もいたが、努力量で圧倒し魔術の腕前を着実に上げていった。

十七歳で独立し、ほぼ同時に〈紫水晶〉の異名を賜ると、魔術師の中でも一気にエリアスの名前が知れ渡った。

だが魔術師協会に属し、王都を拠点に仕事をこなし始めた頃、修道士を務めていたフランツから唐突な呼び出しがあった。『司祭様の様子がおかしいから、手を貸してくれないか』……と。

急いで孤児院へ戻ったエリアスは、目に飛び込んできた光景に愕然《がくぜん》とした。

庭園は雑草が生い茂り、ろくに管理が行き届かず荒れ果てた孤児院は、淀《よど》んだ空気が充満していた。子供たちは食事をする際にのみ暗い顔で集まってきて、それが終わると早々に部屋に引きこもってしまう。修道士は半数近くが他所の院に移り、参拝者の数も激減していた。

なにより異様だったのは、乳白色の石がはめ込まれた派手な調度品や神像が、施設内にあふれ返っていたことだ。たった三年で様変わりした孤児院に呆然とする中、修道士見習いの服に身を包んだフランツが、固い表情で説明してくれた。

『ここ半年くらいかな。司祭様が乳白色の石の首飾りを身につけるようになった。たまたま参拝に来ていた行商人が、司祭様の説法に感動した、と言って贈ってくれたらしいんだ。祈りの力を引き出し、子供たちに幸せをもたらす石だ……と語って』

司祭としても、石の効果を本気で信じていたわけではないらしい。ただ行商人の心遣いに感謝して、彼が参拝に来る際は首から提げるようにした。

すると、首飾りをした日はどういうことか参拝客が増え、寄付金が多く集まるようになった。孤児院の屋根の修繕を検討していた時期だったため、司祭は大層喜んだ。頻繁に雨漏りがするせいで子供たちが濡れてしまうのを案じていたのだ。

しかし首飾りの効力は長くは持たず、間もなくして参拝客は減り始めた。首飾りを手に入れる前よりも少なくなり、司祭は焦りを覚えた。寄付金がなければ孤児院の運営も立ち行かなくなる。

あの行商人が再びやって来たのはそのときだった。

『幸せを呼ぶ石は、使用しているうちに力が尽きるもの。子供たちを守るためにも、新たな石を準備したほうがよいでしょう』

行商人の薦めにより、司祭は金を支払って新たな首飾りを買った。するとまた参拝客が戻ってきて、たまたま立ち寄った貴族の子息が、まとまった金額を寄付してくれた。だがそれも長く続かず……と、あとは同じことの繰り返しだ。

司祭は人が変わったように金集めに躍起となり、行商人から繰り返し「幸せになる石」を購入した。首飾りに留まらず、調度品や神像まで様々な品を揃えたが、幸福を実感できるのはごく短い間だけ。石の効果が切れると、一度手にしたはずの「幸せ」は何倍も大きな「不幸」に姿を変えた。

修道士たちがいくら言っても、司祭は行商人との付き合いを止めることはなかった。購入資金が足りなくなると金貸しを頼るようになり、物騒な輩《やから》が度々修道院を訪れては借金の返済を迫る。

フランツに連れられて礼拝所にやってきたエリアスは、そこで対面した司祭に息を呑んだ。目に「幸せになる石」をはめ込んだ神像に向かって、司祭はひれ伏すようにこうべを垂れ、切迫した表情で祈りを捧げていた。

司祭の変わり様だけでなく、礼拝所に満ちた禍々しい気にもおののきを覚えた。魔石の穢れを感じ取ることができるのは魔力持ちだけだ。この小さな修道院に勤めているのは、神に仕える意思のある敬虔《けいけん》な修道士だけで、魔力のある者は一人もいなかった。

神像にはめ込まれた石にエリアスの魔力を捻じ込み、乳白色の石を粉砕すると、穢れは幾分か薄れた。しかし司祭はひどく取り乱し、エリアスにつかみかかろうとした。

『この石を身につけていれば幸せになれるのに、なんてことをしてくれたんだ！　お前のせいで私たちは不幸になってしまう！』

修道士たちに制止される中、爛々と目を光らせる司祭の姿は常軌を逸していた。温かな愛情で包んでくれた聡明な司祭が、目の色を変えて罵詈雑言《ばりぞうごん》をぶつけてくる姿に、エリアスは深い悲しみと絶望を覚えた。

狐《きつね》のような切れ長の目を持つ男が、手下を引き連れて礼拝所にやって来たのはその直後だった。礼拝所の長椅子を蹴りつけながら歩く柄の悪さから、よからぬ仕事をしている連中だと察しがついたため、エリアスは人払いし一人で彼らと対峙した。

彼らは司祭に金を貸していて、聞けば、度重なる借金のせいでその額は金貨七〇〇〇枚にも及んでいるという。愕然とするエリアスに、狐目の男は取引を持ちかけてきた。

『契約者を司祭様から変えることはできませんが、あなたが代わりに返済してくださるのなら、今後司祭様にもこちらの修道院にも手出ししないと誓いましょう。しかし、万が一支払いが遅延するようなら、利息以外のものもあなたから徴収します』

金貸したちが求めたもの……それは、エリアスの魔力だった。

高収入と言われる一般的な魔術師の年収は、金貨五〇〇から八〇〇枚とされている。石持ちと言えど、若い魔術師がすぐに返済できる額ではない。けれど拒むことはできなかった。

傷ついたエリアスの心に寄り添い、生きていく指針を作ってくれた司祭には返しきれないほどの恩がある。自分が身代わりになることで、司祭を……大切な人たちを守れるのなら、金でも魔力でも捧げてやろうと思った。

エリアスの同意を得て、狐目の男は嬉々として新たな契約書を作った。それに署名を済ませると、禁術である「隷属の契約」が発動した。狐目の男に首を絞められ、悶え苦しむ間にも禍々しい力がエリアスの体内に染み入り、解放されると同時に鎖骨の間に隷属印が刻まれた。

こうしてエリアスは、借金返済のための金集めに奔走することになった。

「魔術師協会から離脱したのはそのあとすぐだ。協会から依頼される仕事は長期にわたる団体行動が多いため、仕事をともにするうちに、なにかの拍子に隷属印を見られないとも限らないからな」

別れさせ屋の仕事を引き受けるようになってからは、多額の報酬を得られるようになったものの、そういった依頼が舞い込むのは多くても一年に三回ほど。雪だるま式に膨らむ利子のせいで、返せども返せども一向に元金は減らない。

借金を完済し、隷属の契約から解放されたいという願いはとうに消え失せ、いつしかエリアスは無感情に支払いを続けるだけの日々を過ごしていた。

「本来は、素顔を晒したうえで長期間の旅に同行する依頼など断りたかったのだが、王女殿下は私が望むだけの報酬をくださるとおっしゃった。……もしかしたら完済も夢ではないかもしれない、と淡い期待を抱き、ジークハルトを誘惑する任務を引き受けたのだ」

　一連の経緯を語り終えると、エリアスは長い溜め息をついた。重たい過去を聞いたジークハルトたちは一様に口を噤んでいる。どんな言葉をかければいいのか分からずにいるのだろう。

「隷属の契約について、フランツさんは知ってるのか……？」

　慎重な口振りで尋ねてくるジークハルトに、エリアスは力なく首を横に振る。

「私と金貸しの間で話し合い、借金については解決したと伝えている。……司祭様の身の回りの世話を引き受けてくれたフランツに、これ以上苦労をかけたくなかったからな」

　修道院や孤児院に残されていた乳白色の石をすべて破壊すると、禍々しい気は徐々に薄まっていき、司祭も少しずつ正気を取り戻した。石自体に、人間の欲望を掻き立てる作用があったのだろう。行商人と金貸しが手を組み、どんどん借金が膨らむよう仕向けていたに違いない。

　けれど荒れ果てた修道院や、沈み込んだ表情を浮かべる子供たちを目の当たりにして、司祭の心は底の見えない深い闇に沈んでいた。自分のせいで子供たちを不幸にしてしまったと、自己嫌悪の念に囚《とら》われたのだろう。司祭はひどく憔悴し、己の務めを果たすことができなくなっていた。

「これは憶測の範囲を出ないが……心を病んでしまった司祭に、最近になって金貸しが再び接触したのではないかと考えている。計画的に返済を続けていたが、知らぬ間に最低返済額が大幅に引き上げられていた。……魔術を用いた契約書を変更するには、契約者自身が書類に署名をする必要がある」

　借金の返済はエリアスが行っているが、借金の契約をしたのはあくまで司祭だ。恐らく、礼拝所に一人でいるところに金貸しがやって来て、司祭を言いくるめ変更した書類に署名させたのだ。

エリアスは膝の上に右手を置き、指を開いたり閉じたりした。これまでは膨大な魔力が全身を巡っていたのに、今では意識を集中させないとその力を感じ取ることすらできない。

「結局、奴らは私に借金を完済させるつもりなどないのだろう。意図せず支払いを遅延し、魔力を大幅に奪われたせいで、今や私の力は並の魔術師に届くかどうかも怪しい。……この程度の魔力しか持ち合わせていないとなれば、引き受けられる依頼は限られてくる」

鎖骨の間に刻まれた十字の鎖に、自分はこの先の人生を永遠に縛られるのだ。

終わりのない闇にはまり、エリアスは唇を引き結ぶ。悲しみや苦しさはない。ただ、重苦しい諦念によって雁字搦《がんじがら》めになり、なんとしてでも這い上がってやろうという意欲が湧かなかった。絶望に囚われるのが自分一人で済むのなら、それでいいとすら思った。

エリアスの話に静かに耳を傾けていたジークハルトが、顎に手を添えてなにかを思案する様子を見せる。眉を寄せたまま首を傾げる彼は、どうにも納得がいかないといった表情を浮かべた。

「その話、おかしくないか……？　支払いが遅延したせいで追加の徴収金が発生するのは分かるけど、エリアスから魔力を奪う必要なんてあるか？」

ジークハルトの発言に、ランドルフが「どういうことだ？」と身を乗り出す。

「エリアスは石持ちとして知られる魔術師なんだろ？　だとしたら、高い報酬を得られる仕事をしてもらったほうが、金貸しとしても金を回収しやすくていい気がするんだけど」

「確かに……より多くのお金を搾り取るつもりなら、稼ぐための手段を奪うのは悪手と言えますね」

テオフィルも両膝に手を置き、うんうんと頷く。思いがけない発想にエリアスは困惑を露わにした。言われてみればそのとおりなのだが、渦中にいるせいで判断力が鈍り、契約の矛盾に気づけなかった。

腕組みをして考え込んでいたランドルフが、はっとした様子で顔を上げる。

「エリアスの魔力を奪うことで、得をする奴が裏にいる……ということか？」

その言葉に、エリアスは視界を覆い尽くしていた靄が、急激に晴れていくのを感じた。自分を捕らえていた者の正体が、少しずつ見えてくるような感覚に息を呑む。

「話を聞いていて俺はそう感じた。それに……ほら、この石について覚えてるか？」

ジークハルトがおもむろに取り出したのは、冒険者から回収した桃色の石だ。隷属印を見られた衝撃で頭から追いやられていたが、すべてはこの石が要因となって引き起こされた事態だと思い出す。

塗装を剝がそうとしていたのに、すっかり有耶無耶《うやむや》になっていた。

礼拝所の外に出た一行は、テオフィルが準備した聖水で早速石を洗った。予想したとおり、桃色の塗料の下からは乳白色の石が顔を覗かせ、同時に禍々しい気が放たれる。やはりあの塗料は、この気を隠すために塗られていたのだ。

石が本来の姿に戻ると、探知魔道具はより一層激しく反応した。八年前にエリアスが感じた禍々しい気は、魔王の邪気だったことが分かる。

「決まりだな。司祭様を陥れた奴らは、魔王となにかしらの関係があるってことだ」

目の奥に静かな怒りを燃やし、ジークハルトが告げた。借金の返済と、魔王の再封印。自分が抱えていた旅の目的に、思いがけない繋がりがあったと知り、エリアスは愕然とした。

ランドルフとテオフィルも不愉快そうに顔を顰め、乳白色の石を睨みつける。

「八年前も今も、行商人と金貸しはなにか意味があってこの石を広めているんだろうな」

「探知魔道具が反応していたのは、魔王の魂ではなく行商人だったんじゃないでしょうか？　邪気をまとった石を大量に持ち運び、王国中を移動して回っていたのなら、魔王の目撃情報が一向に出てこないのも頷けます」

行商人と金貸しが、邪気をまとった石を手に入れた方法。それで商売ができると思い至った理由。エリアスの魔力を奪いながら、今もなお王国全土に石をばら撒《ま》いている意味……。エリアスの前に積み上がった問題は、まだまだ答えが分からないものだらけだ。

それでも、抗《あらが》う術《すべ》もなく暗闇に囚われていたときよりもずっと、視界が開けた気がする。

「探知魔道具に従って進めば、司祭様を陥れた奴らと接触できるはずだ。奴らを捕まえて魔王との関係を確かめたうえで、エリアスとの契約を解除させよう」

ジークハルトの力強い宣言に、テオフィルとランドルフが「分かった」と声を揃える。エリアスは胸がいっぱいになってしまって、返事をすることができない。かつて司祭がそうしてくれたように、ジークハルトたちもまた、エリアスを救うために行動してくれているのだ。

仲間として大事にしてもらっている。その実感がエリアスの胸をじわりと温め……それと同時に、針で突かれるような痛みを覚えた。

「……ありがとう」

震える声でようやく告げ、太股の横で拳を握る。けれど彼らの優しさを感じるたびに、自己嫌悪の念がぐるぐると渦を巻き、エリアスの心を蝕《むしば》んでいった。こんなふうに、自分は心を尽くしてもらえるような人間ではないのに……と。

その夜は孤児院の客室を借りて体を休めることにした。

四人分の寝台が並ぶ部屋はすでに照明が落とされている。エリアスを救うことにテオフィルとランドルフは強い意気込みを見せていて、朝を迎えたらできるだけ早く出発できるようにと、早々に眠りに就いていた。

二人が寝入っているのを確認し、エリアスはそっと寝台を抜け出す。ローブを抱えて客室を離れ、燭台《しょくだい》の光を頼りに廊下を進んでいった。

外に出るとすぐにローブを身にまとい、礼拝所の裏手にある中庭を目指した。秋が深まってきたこともあり、日中は過ごしやすいものの、この時間ともなると冷たい空気が肌を刺す。吐き出した息がわずかに白く染まっていた。

修道院と孤児院の間にある小さな庭の、その真ん中には、山南天《ヤマナンテン》の木がひっそりと立っていた。夜の闇に紛れて分かりづらいが、枝には小さな実がたくさんついている。

(懐かしいな……。幼い頃は、孤児院の子供たちとともにこの木の周りを駆け回っていたものだ)

そばに寄り、木肌に触れているうちに自然と口許がゆるむ。なんの杞憂《きゆう》もなく、守られているという安心感の中で過ごす日々は、エリアスにとってかけがえのない時間だった。

ひんやりとした空気を肺に溜め、エリアスはまぶたを伏せる。慎重に魔力を練り上げて木に魔法をかけると、枝から下がる山南天の実が内側から発光し始めた。

ゆっくり明かりが灯《とも》ったと思ったら、ぱっと消えて数秒沈黙し、また時間をかけて赤い光を放つ。それの繰り返しだ。すべての実が無作為に光る様は、まるで夜空に星が瞬くようだった。

木から手を離したエリアスは、幻想的な光景を前に人知れず息を漏らす。それは感嘆の溜め息ではなく、安堵によるものだった。

（よかった。……私はまだ魔術師でいられる）

そんなことを考えていると、背後からふいに人の気配がした。

驚いて振り返ると、マントを羽織ったジークハルトが少し離れたところに立っていた。エリアスが客室を出ていくのに気づき追いかけてきたのだろう。

「すまない。起こしてしまったか」

「いや。エリアスが寝台を抜け出した時点で、俺もまだ寝てなかっただけ」

ジークハルトは苦笑しつつ隣にやってきて、山南天の木を見上げた。

「綺麗だな。祭や祝宴なんかでよく使われる魔法だろ？」

「ああ。少ない魔力で使える初級魔法の一つだ。……クラテンシュタイン氏に弟子入りしてから初めて習得した、私にとって思い出の魔法だ」

懐かしい記憶がよみがえり、エリアスは表情をゆるめる。

単純な構造の魔法だが、術者の魔力制御ができていないと成功しない。この課題をこなすまで他の魔法を学ぶことを禁止されたため、杖《つえ》に縋るようにして何度も詠唱を繰り返した。他の弟子はすでにいくつか上の段階の魔法を練習していて、「まだ一つ目すら習得できてないのかよ」と嘲笑されたこともある。

それでもエリアスは決して挫《くじ》けなかった。努力できる人間だということを誇り、新たな挑戦をするための礎にしろと、尊敬する司祭が言ってくれたから。

(今はもう、杖や詠唱がなくとも発動できる。だが……——)

胸の前で拳を握ったエリアスは、痛みを堪えるように唇を引き結んだ。深呼吸をして必死に自分を落ち着けると、発光する山南天を見つめたまま口を開く。

「……ジークハルトに頼みがある」

静かな声音で切り出したエリアスに、ジークハルトが「ん？」と顔を向ける。

ゆっくりとそちらに目をやると、彼は精悍な顔を赤い光に照らされながら、任せろと言わんばかりにエリアスを見ていた。その自信満々な様子がおかしくて、エリアスは微かな笑みをこぼす。

「もし、戦いの中で私が足手まといになることがあれば……そのときはどうか私を見捨ててほしい」

予想していなかった頼みなのだろう。ジークハルトは数秒沈黙したのち、みるみるうちに顔をこわばらせた。エリアスは眉尻を下げ、斜め下を見るようにして視線を外す。

「今の私は、特権階級でいられるほどの魔術師ではない。思うように魔法が使えなかったり、戦いの最中に魔力切れを起こしたりする瞬間がいつか必ずやってくる。……私のせいでジークハルトたちの足を引っ張るのが嫌なんだ」

ローブの裾をぎゅっと握り、淡々とした調子で告げる。呆然と話を聞いていたジークハルトは、次の瞬間、勢いよくエリアスの両肩をつかんだ。その弾みで顔を上げてしまい、彼と視線がぶつかる。

人々を照らす星のような目は、今は戸惑いと憤りを宿し、轟々《ごうごう》と燃えていた。

「見捨てろってなんだよ。仲間なんだから危険な目に遭ってたら助けるだろ？　それとも、俺たちのことを信じられないっていうのか⁉」

いつにない剣幕で抗議してくるジークハルトに、エリアスもまた声を荒げる。

「魔法が使えない魔術師など、助けたって意味がないではないか！」

「なんだよそれ。エリアスには魔術以外の価値がないって言いたいのか⁉」

「当たり前だろう！」

間髪をいれず肯定するエリアスに、ジークハルトが目を見開いた。エリアスは込み上げてくる胸の痛みに顔を歪め、彼の手を強引に振り払う。

「司祭様が不幸になったのは私のせいだ！　深い愛情をくれた人をそんな目に遭わせた私に、魔術以外の価値なんてあるはずがない……！」

昂ぶる感情に声を震わせ、切々と訴える。途端に、ジークハルトが反論の言葉を失った様子で口を閉ざした。

エリアスは奥歯を噛みしめ、胸の奥に溜め込んできた気持ちを爆発させる。

「おかしいとは思わないか？　田舎町にある小さな修道院の司祭を罠にはめたところで、大金を巻き上げられるとは限らない。いくら金を貸しても、ろくに返せないまま逃亡を図る可能性だってある」

隷属の契約を結んだあと、エリアスは変わり果てた司祭を前に考え続けていた。どうしてこの人が被害に遭わなくてはならなかったのか。自分にとって二人目の親とも言える司祭が、なぜ……。

そうやって考えに考えてたどり着いたのは、最悪の結論だった。

「私にとって大切な人だったからだ……！　若くして特権階級になったことで、私の名前は広く知れ渡った。〈紫水晶〉の魔術師からであれば多額の金を得られると考え、私が借金の肩代わりをせざるを得ない人を選んだんだ！」

エリアスは胸の上で拳を握り、悲痛な声で叫んだ。エリアスの手の下で、そこはじくじくと膿《う》むような痛みを放つ。長い間重苦しい罪悪感を溜め込み、すっかり化膿《かのう》してしまった傷が、深い悲しみを訴えている。

「私だって……私だって、ジークハルトたちを信じている。大事な仲間だと思っている。だからこそもう、私のせいで不幸な目に遭わせるのは嫌なんだ……ッ」

強気な表情で取り繕うことができず、情けなく顔が歪む。全身が細かく震えるのは、寒さのせいではなく恐ろしかったからだ。

勇者としての在り方に悩みながらも、誰かの希望になろうと努力するジークハルトを、エリアスは尊敬している。ありのままの自分を受け入れてくれる懐の広さに、いつしか安堵を覚えるようになっていた。気のない素振りで彼の軽口をあしらいながらも、本当は冗談を言い合える関係が心地よかった。

テオフィルの一生懸命なところも、ランドルフの素直さも好ましく思っている。だからこそ彼らを失うのが怖かった。エリアスの大切な人は、いつも自分を置いて遠くに行ってしまうから。

口を閉ざすと、途端に夜の静寂が戻ってくる。肩で息をするエリアスを、ジークハルトはなにも言わず見つめていた。

思いの丈をすべて吐き出したら、体の内側を巡っていた熱が急速に引いていった。自分を抱くようにして二の腕をさすっていると、大きな手が伸びてきてエリアスの頬にそっと触れる。

「寒空の下にいたせいで、すっかり冷えちまったな」

ジークハルトは困ったように微笑んで、親指の腹で優しく肌を撫でた。彼の温もりが心地よくて、ピンと張っていた糸がゆるんでしまいそうになる。彼らに迷惑をかけないよう、自分は一人で立っていなくてはならないのに。

そんな胸の内を見抜いたのか、ジークハルトは唇を歪め、悲しそうな笑みを浮かべた。まぶたを伏せて深く息を吸い込んだのち、気持ちを切り替えるかのようにぱっと明るい表情を見せる。

「根が真面目で、意志が強くて、自分が決めたことは貫き通そうとするところだろ。他人の目なんか気にせず、悪いと思ったことはちゃんと指摘できるところ。なんだかんだ面倒見がよくて、呆れた顔をしながらも世話を焼いてくれるところ」

脈絡のない話をしながら、ジークハルトは指を折ってなにかを数え始めた。

「特権階級になるまで努力し続けられるのも尊敬するし、負けん気の強さもいいなって思う。照れたときの顔が可愛いし、笑顔はもっと破壊力がある。普段は美人なのに、花が咲くみたいにふわっとやわらかく笑うんだよな。あれはずるい」

「ま、待て。なんの話だ？」

混乱するエリアスに、ジークハルトは子供のような無邪気な笑顔を見せる。小首を傾げて顔を覗き込んでくるので、距離の近さにドキッとした。器用で要領がよく、頼りがいのある勇者が、自分にだけ年下の一面を見せてくる瞬間にエリアスは弱い。

「今言ったの、全部エリアスのいいところだよ」

温かな声音で告げるジークハルトの、澄んだ色の双眸が、明滅する赤い光に照らされて暗闇に浮かび上がる。

「魔術以外には魅力がないなんて、そんなわけないだろ。俺たちはエリアスが優秀な魔術師だから慕ってるんじゃない。エリアス自身にたくさん魅力があるから、苦しんでいるなら支えたい、絶対に失いたくないって思ったんだよ」

予期していなかった言葉にエリアスは呆然とした。丁寧に紡がれた言葉が心の奥深くまで落ちていき、凍っていた感情をあふれさせる。

大切な人を苦しめるくらいなら、一人で生きていくほうがいい。そう自分に言い聞かせながらも、本当は、誰かに求められたいと思っていた。心を預け、信頼し合える仲間がほしいと願っていた。誰かにとってのかけがえのない存在になりたかった。

込み上げてくる激情に胸が震え、エリアスは下唇を噛みしめた。ジークハルトが手を伸ばし、ゆったりとした動作でエリアスを抱きしめる。背中に回された腕には大した力が込められていないのに、振りほどくことはできなかった。

だって気持ちがいい。彼に身を預けるのが、たくましい腕の中に閉じ込められるのが気持ちよくて仕方ない。この温もりを知ったら、二度と手放せなくなるほどに。

「全部一人で背負おうとするなよ。困ったときはなんて言えばいいか、ディーゲルマン伯爵の屋敷にいたときに教えただろ?」

調子がよくて軽薄な……けれど本当は愚直に努力を重ねている年下の勇者が、とびきり優しい声音でエリアスを甘やかす。手のひらに乗せられた金平糖と、それに付与した魔法を発動させる呪文が脳裏によみがえり、エリアスの胸に温かくも切ない感情をもたらした。

口にしていいものか散々悩んだ末、エリアスは唇を震わせながら告げる。

「……助けてくれ、ジークハルト……」

秋の冷たい夜風に掻き消されてしまいそうな、か細い声。それをきちんと拾い上げ、ジークハルトはエリアスを抱く腕に力を込めた。

「ああ、約束する。エリアスが俺を呼んでくれたら、たとえ世界の果てであっても飛んでいくよ」

迷いのない言葉が体の奥深くに染み渡り、エリアスの心を揺さぶる。優しい抱擁に包まれ、エリアスは喉元まで込み上げてきた熱を堪えるように唾液を飲み下した。自らもジークハルトの背中に腕を回し、彼の肩口に頬を擦り寄せる。

この温もりを失うのが怖い。そういった気持ちはまだあるが、今はただ、伸ばされた腕に素直に身を任せたいと思った。

(信じよう、ジークハルトを。私を信じてくれた仲間たちを)

彼らは隷属の契約に縛られて以降、初めて出会えた心を預けられる相手なのだから。

全身を満たす安堵に、エリアスは息を震わせる。視界が潤んでいるせいで、山南天の光がぼんやりと滲んでいることには気づかない振りをした。

孤児院を発ったエリアスたちは、王国の各所に設置されている転移魔法陣を使用し、探知魔道具が示す場所へ急いだ。

その道中、例の桃色の石を手にする人を何人か見かけた。彼らは一様に「幸せになる石」だとして、その効果を熱く語っていた。

「狙っていたのよりさらに上位の魔獣と遭遇したんだが、他の冒険者との戦いで弱っていたらしく、運よく仕留めることができた。おかげで予定より高い報酬を得られたんだ！」

「体調を崩してから仕事を休んでいたけど、この石を持つようになってから前よりずっと元気に動けるの。効果が切れるとひどい目眩で寝込んでしまうけど……新しい石を買ったからもう大丈夫よ」

「幸せになる石を売ってる行商人は、そう頻繁に来るわけじゃないんだけどね。最近は〈提灯《ちょうちん》の町〉アイナシュタクスに滞在することが多いらしいわ」

幸福と不幸を交互に与えることで、石がないと生きていけないと思うほど強く執着させる……。それは、司祭を陥れたときと同じ手口だった。当時と同じ行商人か、もしくはその仲間が暗躍しているのだろう。

「驚いたな……。仕事をする中で様々な土地を訪れていたが、『幸せになる石』がこれほど広まっているなんて聞いたことがなかった」

山の中を通る道を進みながら、エリアスは右手に持った乳白色の石を見つめ、固い表情で漏らす。

回収した「幸せになる石」は、冒険者から買い取った石と同様に、桃色の塗装を剥がした途端に邪気を発し始めた。テオフィルの祈りによって浄化したことで、今は無効化できているものの。

「エリアスは主に貴族から依頼を受けて仕事をしてたんだよな？　庶民の間で流行してる安い装飾品だから、貴族の間では話題に上ってなかったんじゃないか」

隣を歩くジークハルトがエリアスの肩に手を乗せ、首を伸ばして手元を覗き込む。彼の言葉を受け、エリアスは「あえて標的を庶民に絞っているのかもしれない」と思い至った。

（貴族を罠にかけて破滅させれば、その行商人は間違いなく身柄を捕らえられる。しかし庶民であれば調査される可能性は低いだろう。領地によっては重税に苦しみ、借金で身を滅ぼす者も少なくないからな）

一人の標的から金を搾り取るのではなく、足がつかない方法で多くの人間から金を集める方法を選んだ。行商人の狡猾さが腹立たしく、無意識に顔が歪む。

「……大丈夫か？」

労るような調子で問われ、エリアスははっとした。声をかけられたほうへ目をやると、ジークハルトは眉尻を下げ、微かな苦笑を浮かべていた。

「あまり一人で思い詰めないでくれよ？　知らないところで無理をされるのは、俺たちだって寂しいし悔しいからさ。どんな些細なことでも相談してほしい」

穏やかでやわらかい、けれどしっかりとした芯のある言葉。それがじわりと胸に染み入り、エリアスは思わず唇を引き結ぶ。

どんな顔をすればいいのか分からずにいると、背後にいたテオフィルとランドルフが、すかさずエリアスの横に並んだ。

「そうですよ！　こっちはエリアスに恩がありまくりなんですから。おかげさまで僕も白魔術が上達したことですし、あなたを苦しめる奴なんてぶちのめしてやりますよ！」

「強くてしっかり者のエリアスを守れる機会なんて滅多にないからな。頼ってくれたほうが嬉しい」

華奢な体躯のテオフィルが、武道家のように両手を構え、空中に向かってシュシュッと拳を突き出す。その横でランドルフも深く頷き、キリッと目許を引きしめて意気込みを見せた。表情が乏しい自覚があるので、意識して顔を作っているのだろう。

その不似合いな行動がおかしくて、エリアスはふふっと口許をゆるめる。かつて依頼対象者の心を奪うために見せていた、作りものの笑顔とはまるで違う、感情が動くままに自然とこぼれた笑み。

「ありがとう。みんなのことを信頼しているから、たくさん頼らせてくれ」

素直な言葉とともに柔和な表情を見せると、それまで賑やかにしていたテオフィルとランドルフが目を丸くした。そのまま二人同時に立ち止まるので、エリアスだけが先に進んでしまう。

数歩歩いたところで振り返ると、硬直する二人のそばで、ジークハルトもまた足を止めていた。赤らんだ顔を隠すように口許を手で覆い、斜め下に視線を向けている。

予想外の反応にエリアスはぽかんとした。それから急激に気恥ずかしくなる。柄にもない行動を取ったせいで、ジークハルトたちを驚かせてしまった。

「いや……あの、その……もっ、もちろん、普段の私は誰かを頼る必要などない優秀な魔術師だが、今回は緊急事態なのだから、頼らざるを得ないという意味でだな……」

慌てて三人のもとへ戻り、エリアスは必死に言い訳の言葉を並べた。顔中に熱が集まり、赤面していることが分かる。

そんなエリアスを前に、テオフィルとランドルフはなにかを堪えるように唇を結んでいたが、やがて我慢ならないといった様子で抱きついてきた。テオフィルの細い腕が腰に、ランドルフの長い腕が背中に回され、ぎゅっと体が密着する。

「な、なにを……っ」

「か……っわいいですね！　なんなんですか、この愛らしい生き物は！」

「普段との差が激しい……素直なエリアスの破壊力がすごい……」

両側からの熱い抱擁に、エリアスは目を白黒させる。そんなふうに評価される理由がちっとも分からない。自分らしくない言動を笑われるものとばかり考えていたのだが。

混乱するエリアスのもとへ、ジークハルトが近づいてくる。以前、ランドルフがエリアスと抱擁を交わそうとしたときに、間に割って入ってきたことを思い出した。

あのときのように、二人を引き剝がして自分を抱きしめるのか……と、エリアスは無意識のうちに身構えた。以前は悪態をついたものの、独占欲をにおわせるような台詞も本当は嫌いじゃない。

しかしこちらに向かって伸びてきた手は、幼馴染みたちを退けることも、エリアスの背中に回されることもなかった。エリアスの頭にぽんと置かれたそれは、金色の髪を搔き混ぜるように撫でる。

「うわっ」

思わず目をつむって声をあげると、まぶたの向こうでジークハルトが笑った気がした。

「エリアスの可愛い一面は、俺だけが独り占めしたいって思わなくもないけど」

じゃれるような仕草で頭を撫でられ、エリアスは薄く目を開けて彼の様子をうかがう。

エリアスに見られていることを知っているのかいないのか、ジークハルトは慈しみで満ちた穏やかな表情を浮かべていた。それが自分に向けられている事実が、くすぐったくなるほど照れくさい。

「でも、エリアスがいろんな人に愛されてる姿を見るのも悪い気分じゃないな」

晴れやかな表情で告げ、ジークハルトが手を引っ込める。名残惜《なごりお》しさからぱっと目を開けると、こちらを見つめる金色の双眸と視線がぶつかった。

その澄んだ色の目に、エリアスは一体どんなふうに映っていたのか、ジークハルトは精悍な顔をくしゃりと崩して笑った。子供のような無邪気さと、男らしい色香が入り混じる表情に、ドッと心臓が跳ねる。

ジークハルトは腰布を翻し、先にその場を離れていった。ゆったりとした歩調で進む後ろ姿を、エリアスはぼんやりと眺める。

(ジークハルトは抱きしめてくれないのか……)

無意識のうちにそんなことを考えている自分に気づき、一拍ののち視線を泳がせた。乙女《おとめ》のような思考になっているのが恥ずかしくて、誰に知られたわけでもないのにひどく狼狽《うろた》える。

その様子を至近距離で見ていたテオフィルが、体を離しつつふっと口許をゆるめた。

「なるほど。自分の欲求を満たすために独占するのではなく、相手の幸せを願うのかあ。エリアスと出会って、ジークハルトも随分成長しましたねえ」

心得顔で頷くテオフィルに、エリアスは茹《ゆ》でられたように真っ赤になりながら「うるさい……」とこぼす。またからかいの種にされそうな、弱々しい台詞であったものの。

孤児院の中庭で弱音を吐露し、ジークハルトに抱きしめられた夜。あの日を境に、エリアスの心身にはこれまでにない変化が起こっていた。

身を寄せられると、触れ合った箇所がじんわりと熱を持つ。距離の近さを意識すると妙に心臓が騒いでしまい、彼に目を向けるのが難しくなった。今だって大きな手の感触が肩に残り続けている。

そんなエリアスの心境を知ってか知らずか、ジークハルトのほうはというと、悪戯めかして肩や腰を抱くような露骨な距離の詰め方をしなくなった。以前のように、冗談めかした口説き文句を口にすることもない。けれど決して態度が冷たくなったわけではなかった。

向けられる眼差しに、慈しむような熱が灯る。理由もなくエリアスを見つめることが増え、目が合うと照れくさそうにはにかんだ。

二人の間に漂う甘くて温かい密やかな空気を、なんと呼ぶのかを分からないわけではない。なにせ別れさせ屋として、これまで数々の男女と恋仲を装ってきたのだから。

(けれど、今まで私がしてきたのはあくまで偽物だった)

計算でも演技でもなく、自分の意思とは関係なく勝手に速まっていく鼓動。頬に集まる熱。

初めて味わう感覚を持て余しながら、エリアスは勇者の背中を追いかけた。

山間《やまあい》にあるアイナシュタクスは、様々な文化圏の人間が集まっている町だ。東の国の移民が多く住み、割り竹の骨組みに紙を貼った照明器具が軒先にぶら下がっていることから、〈提灯の町〉の異名で知られている。

決して足を向けやすい立地ではないものの、年に一度行われる大きな祭りが近いこともあり、町は賑わいを見せていた。瓦屋根を乗せた家々の間を、祭りの準備に勤しむ町民が行ったり来たりし、観光に訪れた人々が露店を見て回っている。

全員分入手した認識阻害の眼鏡をかけ、エリアスとジークハルトは広場に続く通りを並んで歩いていた。ジークハルトが腰に差した長剣は、鍔に布を巻き聖紋を隠している。勇者の来訪を知られれば、行商人が逃げてしまうかもしれないからだ。

「……探知魔道具は反応しているか？」

往来のざわめきに紛れる程度の声で、エリアスは隣の男に問う。ジークハルトは腰に下げていた探知魔道具を手に取り、蓋を開けた。チタディレストの街にいたときと同様に、強い邪気を感じ取った針が勢いよく回転している。

「ああ。けど、行商人に反応してるのかどうかは怪しいとこだ。……なんせ、町全体に『幸せになる石』があふれているからな」

探知魔道具を元の位置に戻しながら、ジークハルトは忌々しげな顔で周囲を見回す。

おいしそうな甘味を売る露店商の、屋台に下がる装飾品。馴染みの店の主《あるじ》と、楽しげに話す女性が身につけた耳飾り。駆け回る子供たちが、お守りのように提げている首飾り。それらはすべて、例の桃色の石が使われていた。

　アイナシュタクスの町に到着したエリアスたちは、見知らぬ人間が四人で歩いていては目立つだろうと考え、二組に分かれて町を調査することにした。

　認識阻害の眼鏡は、かける前から認識している相手には効果がない。しかし一度群衆に紛れると、互いの顔を判別するのが難しくなるため、時間と場所を決めて合流することにした。テオフィルとランドルフもまた、眼鏡をかけて町のどこかを歩いているはずだ。

　そうやって調査を始めて驚いたのが、「幸せになる石」が広く出回っていることだった。小さな子供から高齢の人々に至るまで、当たり前のように桃色の石を身につけている。

（移民が集まっている町は、少数派である意識からか結束が強いと聞く。顔馴染みから勧められ、あっという間に広まった……ということか？）

　もしくは、なにか意図があってこの町に広めたのか。

　あれこれ考えを巡らせながら歩いていると、すぐそばで談笑している中年男性の輪から、「幸せになる石」の単語が飛び出した。ジークハルトと目配せし、人混みに紛れてさりげなく足を止める。

「よかったよ、新しいのを買えて。もうすぐ効果が切れるところだったんだ」

「石売りさん、この町に戻ってくるまで結構間が空いたもんな」

「ああ。収穫祭にあわせて来てくれたらしい。祭当日は、普段は店頭に並べていない、とびきり強力な石も持ってくるらしいぞ」

　購入して間もないと思われる石を仲間に見せ、「やっぱり新品は輝き方が違うな」と熱く語る。その横顔はいかにも満ち足りているといった様子で、石の力を疑う気配は微塵もない。

エリアスとジークハルトは無言で視線を交わすと、彼らのもとへ近づいていった。

「すみません。初めてこの町に来たのですが、『幸せになる石』はどこで購入できるのでしょう？」

認識阻害の眼鏡をかけたまま、ジークハルトが愛想よく声をかける。それでようやくジークハルトの存在に気づいたらしく、男性たちは「おっ」と眉を上げた。

「今日は広場の奥側に出店してたよ。行列ができているだろうから、根気よく並ぶ必要があるがな」

「二人とも、祭り見物で来たのかい？　それとも『幸せになる石』を買いに？」

気さくに話しかけてくる男性たちに、ジークハルトは「どちらもです」と答える。それからさりげなく話を広げた。

「この町ではみなさんが『幸せになる石』を持ち歩いているんですね」

「ああ、もちろんさ。この石は俺たちの守り神だからな」

「守り神？」

不思議そうに首を傾げるジークハルトに、男性の一人が嬉々として説明する。

「山の中にあるこの町は、昔から魔獣被害が耐えなかった。けれど数ヵ月前に石売りさんが来て、『この石を肌身離さず持っていると、魔獣たちから身を守ってくれますよ』と言って『幸せになる石』をくれたのさ。それからパタッと魔獣の被害が途絶えたんだよ」

町の中だけでなく、きのこや薬草を採りに山へ入り、うっかり魔獣と遭遇しても一向に襲ってこない。見えない壁に阻まれるかのように、低い唸《うな》り声を漏らしながら睨みつけてくるばかりだそうだ。

素晴らしい威力だと感心し、町民たちは石を持ち歩くようになった。以前は冒険者を雇って定期的に魔獣を討伐してもらっていたが、その費用が浮いたことで、町の中で金が回るようになった。

男性は得意げに笑い、町を囲う山々を指差す。

「魔獣の奴らは、俺たちに手出しできないのが悔しくて仕方ないらしい。夜になると一箇所に集まって鳴き声をあげるんだ。日ごとに数が増えているが、何頭集まろうがどうにもならないんだから、まあ負け犬の遠吠《とおぼ》えってやつだな」

自慢のつもりで口にしたのだろうが、エリアスとジークハルトは頬を引きつらせる。それでもジークハルトはなんとか表情を取り繕い、

「それはすごいな。俺たちも早速買いに行ってみます」

と、会釈をして男たちのもとを離れた。

人混みの中に紛れてしまうと、二人は人のいない小路へ入る。

「この町で繰り返されている幸福と不幸は、『魔獣から守られていること』と『魔獣が日に日に数を増していること』だな」

誰もそばにいないことを確認してから、ジークハルトが潜めた声を漏らす。エリアスも固い表情で首肯した。

「今はまだ手が出る価格の石しか購入していないようだが、石の効果が薄まってきた頃合いを見計らって、より高価な品を勧めるはずだ。新たな石を購入する資金が尽きたときに、甚大な被害が出ることは想像に容易《たやす》い。……怒りを漲《みなぎ》らせた魔獣たちにより、この町は壊滅させられるぞ」

個人を陥れるより余程深刻な被害が出るやり方に、エリアスは拳を握りしめる。しかし憤りとともに違和感も覚えた。

「金蔓《かねづる》にしている町民が命を落としたら、それ以上金を得られなくなるよな？　金貸しに頼らせながら延々巻き上げることが目的じゃないなら、行商人はどうしてこの町に『幸せになる石』を広めたんだ……？」

ジークハルトも同じ疑問を抱いたようで、腕組みをして首を捻る。

二人であれこれ考えを巡らせてみたものの、結局、それらしい答えに行き着くことはできなかった。

行商人に接触してみないことにはどうしようもないだろう。とはいえ、トカゲの尻尾《しっぽ》切りのように下っ端だけをつかまされ、裏で糸を引いている親玉に逃げられることは避けたい。

「私に考えがある」

思案の末、エリアスは口を開いた。

「認識阻害の眼鏡を外して変身魔法を使い、行商人に高額の取引を持ちかける。広場での受け渡しが憚《はばか》られる金額であれば、どこか人目につかない場所で会おうと告げられるはずだ」

大口の客だと分かれば、それなりの地位にいる人物が交渉の場に同席するに違いない。人でごった返した祭りの最中よりも、どこかの部屋に集まらせたほうが捕らえやすいうえ、事情を知らない町民たちを巻き込む心配もない。

提案した計画は理にかなっていたはずだが、ジークハルトは難色を示した。

「魔力が落ちているんだろ？　交渉の場にエリアスを行かせるのは危険だ。俺を変身させるんじゃ駄目なのか？」

「変身魔法で変えられるのは容姿と衣服くらいだ。長剣を携えていれば怪しまれてしまう。ジークハルトは交渉の間身を潜め、私の合図で奴らを捕らえてほしい」

整然と説明するエリアスに、ジークハルトはぐっと奥歯を噛みしめ、渋い顔をする。納得はしたものの、心情的に受け入れがたいのだろう。

仲間思いの勇者に、エリアスはふっと口許をゆるめる。ジークハルトの手に触れると、指先を絡めるようにして引き寄せ、人差し指から薬指にかけてをぎゅっと握る。

エリアスとしても、魔力が低下していることに不安がないわけではなかった。万が一危機に陥っても、奴らに対抗するだけの攻撃魔法を繰り出せないかもしれない。

けれど、自分は無力だと嘆くことはしたくなかった。自分を仲間だと言ってくれた彼らのために、「魔術以外にも魅力がある」と言ってくれたジークハルトのために、今の自分にできる最大限の努力をしたかった。

「忘れたのか？　私は様々な人間の心を奪ってきた別れさせ屋だ。変身魔法は慣れたものだし、他人の心をつかむ話術もそれなりに身につけている。どうか私を信じて任せてくれないか？」

金色の目をまっすぐ見つめ、エリアスは真剣な面持ちで訴える。

ジークハルトは眉を寄せしばし悩む様子を見せたものの、やがて根負けした様子で「……分かった」と答えた。

「少しでも怪しい気配がしたら、すぐに俺を呼ぶんだぞ。深入り禁止、自己犠牲もするな。自分の身

然な笑みを見せる機会が増えていた。


を最優先で守れよ？」

まるで愛娘《まなむすめ》を外出させる父親のように、ジークハルトは口酸っぱく条件を口にする。その余裕のなさがおかしくて、エリアスはくすくすと笑い声を漏らした。彼と一緒にいるうちに、いつの間にか自然な笑みを見せる機会が増えていた。


エリアスは変身魔法を使い、うねりのある茶髪が特徴の中年男性に姿を変え、広場を目指した。二十代と思われる男性の行商人は、屋台に大小様々な品を並べ、我先にと石を買い求める客の対応をしていた。客が引いた頃を見計らい声をかける。

自分は商いをしていて、それなりに繁盛しているが、今よりもっと売り上げを伸ばしたいと考えている。そのために、より高い効果を得られる「幸せになる石」を売ってほしい。予算は金貨一〇〇枚だが、場合によっては上限を引き上げるつもりだ……。

そう伝えると、行商人は嬉々として食いついてきた。五日後に行われるアイナシュタクス最大の祭り・収穫祭に、彼の商売仲間が合流し、特別な石を販売する予定でいたらしい。

『ゆっくり話せる場所を用意するので、収穫祭の夜にわたくしのもとを訪ねていただけますか？　そちらで、時間の許す限り商品をご覧ください』

思いがけない上客の登場に、行商人は上機嫌な様子で指示した。狙いどおりに事が進み、エリアスは内心ほっとする。

それからは手紙用の転移魔法を使い、国王に対し緊急の報せを送った。

邪気を放つ石を売り歩いている連中がいて、そいつらが魔王と関係しているかもしれないこと。アイナシュタクスの収穫祭にあわせ、秘密裏に騎士を送ってほしいこと。その騎士たちに協力してもらい、ジークハルトたちとともに連中を捕らえてほしいこと。

国王からもすぐに同意の返事が来て、すぐに騎士たちを出発させてくれた。作戦決行の日までエリアスたちは町で待機することになった。

収穫祭の前夜、すでに祭りと変わらない賑わいを見せる異文化の町を、エリアスは宿屋の三階から眺めていた。その背中を、テオフィルがちょんちょんとつついてくる。

「せっかくだから町を散策してきたらどうです？　ジークハルトと二人で」

「え？」

思いがけない提案にエリアスはきょとんとした。椅子に腰かけていたジークハルトも、彼の後ろで驚いた様子を見せる。ランドルフだけはいつもと変わらず、露店で買ったという魚の串焼きを頬張っていた。

ジークハルトと二人、という言葉に、エリアスは視線を泳がせる。

「え、いや……それならテオフィルたちも一緒に行けばいいだろう」

「町に潜伏している騎士たちが、打ち合わせのため部屋を訪ねてこないとも限りませんし。僕たちはここで待機していますよ。ランドルフには僕を護衛してもらいます」

「任せろ」

ランドルフは魚の骨だけを残して綺麗に食べ、親指を突き立てた。エリアスが「だが……」と迷いを見せる中、ジークハルトが腰を上げて近寄ってくる。

「おとなしく引きこもってたところで、なにかが進展するわけでもないし。行ってみようぜ、エリアス。甘いものが食べたいから付き合ってくれよ」

屈託のない笑みを見せられ、妙に胸がむずむずする。いつまでも渋っているほうが恥ずかしい気がして、エリアスは「仕方ないな」と呆れた振りを装いつつ了承した。

赤、橙、黄と、暖色の提灯が瓦屋根の下に並ぶ異文化の町は、観光客と地元住民でごった返していた。皆一様に祭りが待ちきれない様子で、あちこちで酒を飲み交わす姿が見受けられる。山間の町のため夜になると冷え込むはずなのに、人々の熱気により寒さは感じられなかった。

「すごい人だな。うっかりはぐれたら合流するのは難しいだろう」

大通りに足を踏み入れる手前で立ち止まり、エリアスは認識阻害の眼鏡を目許に押し込む。すると、その言葉を聞いたジークハルトが隣から左手を差し出してきた。互いに平服の上に防寒用のマントを羽織った格好なので、普段は革の手袋に覆われているそこも今は素肌が露出している。

「……？　なんだ？」

「手を繋いでりゃはぐれないだろ。ほら」

ずいっとさらに手を近づけられ、エリアスは焦りを覚えた。

「こ、子供じゃあるまいし」

「眼鏡をかけてるからほんの一瞬人混みに紛れただけで分かんなくなるだろ？　手を繋いで歩くのが一番安全だって」

「万が一はぐれたときは、それぞれ宿屋へ戻ればいいのではないか……？」

ジークハルトが当然のような顔で言うので、自分のほうが間違っている気がしてくる。エリアスがおずおずと尋ねると、ジークハルトは白い歯を覗かせて笑った。少年のような笑顔に、少しばかりの照れと昂揚が滲んでいる。

「やだよ。せっかくエリアスと二人になれたんだぞ？　宿に戻るまで一緒にいたいに決まってるだろ」

まっすぐぶつけられる言葉は、いつもの冗談めかした口説き文句とは明らかに異なっていた。カーッと頬が熱くなり、エリアスは隣に立つ男の顔が見られなくなる。「また調子のいいことを」と白けたふうを装えばいいのに、照れてしまった表情を取り繕うことができない。

初心な生娘《きむすめ》のような反応をしている自分が嫌で、エリアスは半ば自棄になり、差し出された手に己のそれを重ねた。剣術の練習に励んできた手は皮膚が固く乾いていて、彼特有の体温の高さを感じる。

「繋げばいいのだろう、繋げば」

この後に及んで可愛げのない発言をする自分に呆れる。それでもジークハルトが心から嬉しそうに笑うので、一人で思い悩むのが馬鹿らしくなった。彼に手を引かれながら、エリアスは人で賑わう大通りに足を踏み入れる。

アイナシュタクスの収穫祭は、豊穣《ほうじょう》の神へ感謝の祈りを捧げるという名目で、三日にわたって酒を飲み明かすことになっていた。他の地域では見られない多種多様な料理も人気を博している。

広場に向かう途中も様々な屋台が並んでいて、食欲を誘うにおいに釣られ、それぞれ片手で持てる範囲でいくつか商品を購入した。広場に到着するとそれを平らげ、今度は馴染みのない食べ物や飲み物に挑戦する。

「あ、これ、変わった味だけどうまい」

広場の端に立ち、ジークハルトは汁物が入った椀に口をつけた。赤紫色の小粒の豆を煮て作っているらしく、汁にはわずかにとろみがある。

「見た目はスープみたいなのに甘い」

「かぼちゃやさつまいものような味ということか？」

「いや、それともまた違う感じの……エリアスも試しに飲んでみろよ」

椀を差し出され、エリアスは素直に受け取る。湯気が昇る表面に息を吹きかけてから、そっと口をつけた。斜め上に視線をやりつつ味を確かめ、数秒ののち眉尻を下げる。

「……珍妙な味だ」

「ははっ！　エリアスの口には合わなかったか」

弾けるように笑うジークハルトを見ていると、それだけで和やかな気持ちになる。初めての食べ物に挑戦し、一喜一憂するのも楽しい。そんなことを考えて、エリアスはもう長い間、「楽しい」という感情を忘れていたことに気づく。

別れさせ屋の報酬として大金を得られれば嬉しかったし、これで当面は支払いに困らないと思うと安心した。けれど未知の体験に胸が弾んだり、感情のまま笑みがこぼれたりすることはなかった。自分はいつまで魔術師でいられるのだろうと、いつ魔力が手のひらからこぼれていくか分からない状況に怯える日々だった。

（それでも……たとえ魔力が枯渇する日が来ていたとしても、ジークハルトは恐らく、私を見限りはしなかったのだろう）

努力が実を結び、特権階級の魔術師になったことで、いつしかそれこそが自分の存在意義だと思い込むようになっていた。けれど、実の親のように慕っていた司祭がかけてくれた言葉は、そういう意味ではなかったはずだ。彼はただエリアスに、失敗を恐れず挑戦する大人に育ってほしかっただけで。

そんなふうに思えるようになったのは、ひとえに、ジークハルトがエリアスの心を照らしてくれたおかげだった。

（王女殿下に、別れさせ屋の仕事を知られてよかった。……ジークハルトに出会えてよかった）

彼の隣にいるだけで、温かな気持ちが胸を満たしていく。誰かと一緒にいることで、こんなふうに安らぎを覚えたことは一度もなかった。

体の火照《ほて》りを冷ますように息を吐き、おもむろに顔を上げると、ジークハルトがこちらを見ていることに気づいた。「どうした？」と問うと、右手が伸びてきてエリアスの唇に触れる。

親指の腹で下唇をなぞられ、心臓がドッと音を立てた。けれどすぐに、豆を煮た汁を飲んだことを思い出し慌てふためく。

「も、もしかしてなにかついていたか……!?」

豆の皮か、煮汁のほうか。どちらにしろ恥ずかしい。

けれど動転するエリアスを他所に、ジークハルトは「いや？」と鷹揚《おうよう》に笑った。提灯の明かりに照らされるエリアスの顔を見つめたのち、口許に手を添えて顔を寄せてくる。

「エリアスに触りたかっただけ」

耳許を掠める声の甘さに、エリアスは全身の血が沸騰しそうになった。本当にどうかしている。彼の一挙手一投足に、逐一心を乱されるなんて。

ジークハルトは一息で椀を空にすると、それを屋台の店主に返すべく、広場の中心に戻ろうと言った。手を差し出され、エリアスも今度は素直に繋ぐ。

すると、その様子を見ていた近くの露店の店主が、「お兄さんたち」と声をかけてきた。

「二人は恋人かい？　よかったら見ていってくれよ。一緒につけられるお揃いの装飾品をたくさん置いてるよ」

眼鏡の効果で、基本的に他人の意識には留まらないはずだが、手を繋ぐ行為は彼にとって「目立つ行動」だったのだろう。恐らく、客になりそうだという考えで。

恋仲だと勘違いされたのは恥ずかしかったが、そのたくましい商魂に釣られ、二人で露店に足を向ける。庶民向けの宝飾品を売っているようで、気軽な価格帯ながら魔石を使用したものも取り扱っていた。

軽く見て終わりか思いきや、ジークハルトは上体を傾け、思いのほか熱心に品定めし始める。

「どれがおすすめとかある？」

客が乗り気になってくれたのが嬉しいらしく、店主は意気揚々と商品を見回し、二本一組で販売している首飾りを手に取った。鮮やかな緑色の魔石がはめ込まれていて、石の回りの装飾が少しばかり異なっている。

「この首飾りに使われている魔石は、二人の想いが通じ合うと光る、と言われているんだ。恋人同士で買っていく人が多いよ」

手を繋いでいた理由を説明するわけにもいかないので、エリアスは否定せず苦笑でやりすごす。その隣で、ジークハルトは勧められた首飾りをまじまじと見ていた。

「いいな。それじゃ、これをください」

「えっ？」

まさか本当に購入するとは思わず、エリアスは戸惑いの声をあげる。混乱するエリアスを他所に、ジークハルトは「すぐ着けるから」と言って包装を断り、首飾りを受け取った。

露店を離れ、屋台に椀を返すと、ジークハルトはエリアスを連れて広場をあとにした。賑わう通りを離れ、人気のない小路へと入っていく。

人混みの中を歩いているわけではないのに、ジークハルトは依然として手を離さなかった。エリアスもなにも言わず、繋いだ手を見つめながら広い背中についていく。

観光客の楽しげな声を遠くに聞きながら、ジークハルトは道の中ほどで足を止めた。提灯の明かりも届かず、周囲は薄暗い。向かい合わせに立つと二人の手は自然に離れていく。それを寂しく思った。

周囲に人影がないことを確認し、ジークハルトが眼鏡を外したので、エリアスも同様に目許から引き抜いた。マントの中に手を差し入れ、シャツのポケットに入れておく。

ジークハルトは早速首飾りを装着しようとするが、留め具を外すのに苦戦していた。

「しまった。明かりがないと留め具が見えにくいな」

それならなぜこんな薄暗い場所に来たのか……とは思ったものの、口には出さなかった。回答がなんとなく想像できたし、そうであればいい、とエリアスも頭のどこかで考えていた。

右手を差し伸べると、手のひらの真ん中に小さな光の球が生まれる。初級魔法の一つだが、ジークハルトは「おっ、ありがとな」と喜んでくれた。

「……本当に恋人向けの首飾りを買うとは思わなかった」

留め具を弄るジークハルトに向かって、エリアスはぽつりと漏らす。

「俺にもエリアスにも似合いそうな色だなって思ったんだよ。それに、想いに反応して光る魔石ってのも面白くないか？」

緩慢な調子で言いながら、ジークハルトは両手に組紐を持った。それを当たり前のようにエリアスの首に回そうとするので、気恥ずかしさが募りつい余計なことを言ってしまう。

「多分この魔石は光らないと思うぞ。魔力の純度が低い」

「え、ほんと？」

「本当に恋仲の二人が身につけたら、光らないことが原因で喧嘩《けんか》になりそうなほど可能性は低い」

「なんだよ、俺のときめきを返せよ……」

すっかり脱力してしまったジークハルトは、首飾りを手にしたまま深くうなだれた。乙女が喜びそうな謳い文句でときめいていたのか、と思うとおかしくて仕方ない。

くすくすと笑い声を漏らすエリアスの肩に、ジークハルトが額を寄せてきた。奔放な赤髪が頬を掠めると途端に鼓動が速くなる。もはや笑う余裕もなくエリアスは押し黙った。

山間の冷たい風が小路を通り抜け、二人のマントの裾を揺らす。けれど不思議なほど寒さは感じなかった。ジークハルトの頭が乗っている場所からじわりと熱が広がり、エリアスの全身を火照らせる。

「……首飾り、つけないのか」

沈黙に耐えきれなかったのはエリアスのほうだった。けれど口を開いてすぐに後悔する。掠れた声はどこか甘さを孕んでいる気がして、そんな声音で彼に話しかけていることが恥ずかしかった。

焦れったい空気が漂う中、ジークハルトがおもむろに顔を上げる。

「つけていいのか……？」

そう問いかけてくる声もまた、低く掠れていた。至近距離で見つめられ、心臓が苦しくなるくらいに早鐘を打つ。それに、のぼせてしまいそうなほど顔が熱かった。暗がりでなければ赤面した姿をジークハルトに見られていただろう。

エリアスだって、そこそこの人数と駆け引きをしてきたつもりだ。ジークハルトの問いが、額面どおりの意味合いでは留まらないことも分かっていた。それでもエリアスは、震える唇を噛みしめてこくりと頷く。

沈黙ののち、ジークハルトが首飾りを持った手をこちらへ伸ばした。首の後ろに腕を回し、正面から装着するので、顔の近さに居たたまれなくなる。鼓動があまりにうるさくて、ジークハルトにも聞こえているのではないかと不安になるほどだ。

首飾りを留め終えると、ジークハルトの腕が首の横を通り、元の位置に戻っていく。そのことにも物足りなさを覚えて、エリアスは「え……」と声を漏らしてしまった。次の瞬間、こちらに目を向けたジークハルトと視線がぶつかる。

エリアスの瞳になにを見たのか、ジークハルトはわずかに息を呑んだ。途端に彼が緊張した面持ちを見せる。

頬に右手が添えられ、親指の腹でそっと撫でられる。今度こそ間違いなくキスをされる。心臓がバクバクと音を立てる中、エリアスはまぶたを伏せ、唇が重ねられるのを待った。

衣擦《きぬず》れの音とともに、ジークハルトの顔がすぐそばまで迫るのを感じる。しかし、いつまで経っても彼が行動を起こす気配はない。

「……？」

恐る恐る目を開けて確認すると、ジークハルトは口許を左手で覆い、斜め下に視線を落としていた。暗がりの中では分かりづらいものの、恐らく、真っ赤に染まった顔を隠すために。

「今からするキスって……空気に流されたとか、褒美代わりとか、そういうんじゃないよな？」

ぼそぼそとこもった声で尋ねてくるジークハルトに、エリアスは「は？」と目を白黒させた。エリアスが混乱する中、彼は眉間に皺を寄せ、どこか焦った様子で「だから」と続ける。

「ちゃんと俺に気持ちがあるって思っていいんだよな？　……ぬ、ぬか喜びしたくないんだよ」

余裕のない表情で語るジークハルトに、エリアスは呆気に取られた。彼が言わんとすることを理解した瞬間、堪えきれず噴き出してしまう。

「ふっ……ははっ」

「おい、笑うなよ」

「だって……慣れた様子で手を繋いだり、恋人用の首飾りを買ったりしたくせに、この期に及んで言葉で確認するのか？」

込み上げてくるおかしさを抑えきれずエリアスが肩を揺らす中、ジークハルトはばつが悪そうに眉を顰め、荒い手つきで後頭部を掻いた。

「別に、それほど経験が多いわけでもないっての……。前も話しただろ？　言い寄ってくる奴に手を出すことなんてそうそうないんだよ。ある程度関係性を築いたあとは、仲間って意識が強くなるからちょっかいをかける気にならないし」

「私の誘いには乗ったじゃないか」

緊張感や艶めいた雰囲気などどこかへ吹き飛んでしまったので、エリアスは両手を腰に当て、単刀直入に告げる。カロリーナ王女からの依頼により、ジークハルトの心を奪おうとした際、魅了の魔法が効かなかったにもかかわらず彼はキスを拒まなかった。あくまでキス止まりと言えばそれまでだが。

その指摘に対し、ジークハルトは痛い所を突かれたとばかりに眉尻を下げる。

「エリアスは特別だよ。……分かるだろ？」

眉を下げて困った表情を見せ、照れが滲む声音で打ち明けた。

「多分一目惚《ひとめぼ》れだった。初対面のときの取り繕った笑顔じゃなくて、俺の手を振り払った瞬間に見せた、あの強い眼差しに惚れた。この人のいろんな表情が知りたいって」

気恥ずかしさを懸命に堪えながら、必死に気持ちを打ち明けるジークハルトの姿を、エリアスは静かに見つめていた。彼の一言一言が染み入って、胸がとくとくと音を立てる。

自分のために一生懸命になってくれているのが嬉しかった。金銭など一切発生しないのに、他人からの好意を嬉しく思ったのはこれが初めてだった。

「もう俺は、エリアスと軽い気持ちでキスなんかできない。唇だけじゃなくて、エリアスの心も体もすべて俺のものにしたいって思ってるから」

美しく輝く金色の目にエリアスを映し、ジークハルトは熱のこもった声で告げた。ぶつけられた想いはエリアスの胸の中にまっすぐ落ちていく。精悍な顔に緊張を滲ませ、自分の本心をさらけ出している年下の男を見ていたら、初めて知る感情がこんこんと湧き出して止まらなくなった。

飄々とした言動でからかってきた彼が、誰からも慕われる勇者が、エリアスだけを求めて必死に言葉を紡いでいる。その事実が堪らなく愛おしい。

あふれる熱情に突き動かされ、気がつけば、エリアスは自らジークハルトにキスをしていた。

軽く触れ合わせただけですぐに顔を離し、そっと彼をうかがう。至近距離で視線が絡んだと思ったら、ジークハルトが唐突に眉間に皺を寄せた。

込み上げてくるなにかを押し殺すように唇を引き結ぶが、やがて堪えきれなくなった様子でエリアスを掻き抱く。顎を掬《すく》われ、顔を上向かされて、唇が深く嚙み合った。

ジークハルトの胸に手を置き、エリアスはうっとりと彼の感触を味わう。

エリアスにとっての恋とは、金銭を得るための手段でしかなかった。キスというものは、依頼対象者を食いつかせるための餌だった。

（知らなかった。想い人と唇を触れ合わせているだけで、これほど幸せな気持ちになるなんて）

寒空の下で交わす口付けは、角度を変えて何度か啄むうちに、しっとりと湿り気を帯びたキスに変化していった。それが深いものに変わる一歩手前で、エリアスのほうから顔を離す。

「心でも体でも、好きなだけ持っていくといい。……すべてジークハルトにくれてやる」

彼の頬に右手を添え、親指の腹で顎をなぞりながら、エリアスはやわからな微笑みを浮かべた。男を魅了するための蠱惑的なそれとは違う、湧き上がる感情のまま漏れる自然な笑み。

ジークハルトの手からもう一本の首飾りを奪うと、エリアスはそれを愛しい男の首に回す。胸元で輝く緑色の魔石を見つめたのち、どちらからともなく再び顔を寄せた。

収穫祭の前日からすでに盛り上がりを見せていたアイナシュタクスは、祭当日を迎えるとさらに人出が増した。中心街に並ぶ露店の数が増え、集まった人々が食と酒を楽しむ。変わった形の弦楽器を演奏する人も見られ、訪れた観光客が新鮮な音色に耳を傾けていた。

そんな中、中年の商人に扮したエリアスは、行商人に案内されるままとある家を訪れていた。

瓦屋根の平屋は他の地域では見られない造りで、庶民の家にしてはなかなかの広さだ。腰かけている長椅子も質のよさがうかがえる。行商人はアイナシュタクスに度々出入りしていると聞くので、もしかしたらこの家を根城にしているのかもしれない。

「幸せになる石」を販売する交渉相手はまだ訪れていないが、正面に設置された長椅子には案内役の行商人が座り、石の効果を熱く語っていた。それに相槌《あいづち》を打ちながら、エリアスは窓のほうへちらりと視線をやった。

（ジークハルトたちは、無事にこの家にたどり着けただろうか）

エリアスが宿を出発した時点で、観光客に扮した騎士が何名かあとをつけてきていた。今はジークハルトたちとともに、この家の周辺に潜んでいるはずだ。エリアスが特定の言葉を口にすれば、それが突入の合図として送られるよう事前に魔法を施してある。

『絶対に助けにいく。だから……頼んだぞ、エリアス』

宿で準備をする際、ジークハルトは真剣な面持ちでエリアスの手を握った。その胸には緑色の魔石が飾られていた。変身魔法で衣服ごと変化させているが、エリアスの胸にも同じものがある。

恋人になった男だけではなく、テオフィルとランドルフも『やってやりましょう』『エリアスを苦しめる奴を逃がしはしない』と声をかけてくれた。

（みんなが協力してくれているのだ。……絶対に成功させてみせる）

決意を新たにする中、背後から入室を知らせる声があがった。咄嗟に振り返ったエリアスは、扉の向こうから現れた男を見た瞬間、密かに息を呑む。

行商人の商売仲間としてやってきたのは、八年前に修道院へ押し入ってきた狐目の男だった。

三十代半ばほどの男は、五、六人の仲間を引き連れて部屋に足を踏み入れる。初めて対面したときと比べ、随分と身なりが派手だ。上客との交渉に合わせ高級な衣服を用意したのか、それともこの八年で羽振りがよくなったのか。

「やあやあ、お待たせして申し訳ございません。山間部の町で行われる祭りが、まさかこれほど賑わいを見せるとは……人混みから脱するのに苦労しました」

狐目の男は愛想よく振る舞い、卓を挟んだ正面に回る。その手には大きな鞄《かばん》を抱えていた。恐らく、今日のために用意してきたという特別な石だろう。

（上客相手に交渉役を務めているということは、低い地位にいるとは思えない。こいつが連中の元締めということか……？）

八年前に金貸しとして現れた男たちも、これくらいの人数だったように思う。室内に揃っている人員が組織のすべてということだろうか。彼らの真の目的が分からないため、どのくらいの人数で徒党を組んでいるのかちっとも見当がつかない。

ぐるぐると考えを巡らせながらも、エリアスは朗らかな商人を装う。

「お待ちしている間も、どれほど素晴らしい品に出会えるのかと胸を躍らせておりました。本日はどうぞよろしくお願いいたします」

その言葉に狐目の男は笑みを返し……改めてエリアスに目を向けた瞬間、ぴくりと眉を震わせた。変装に気づかれたか？ と背中に冷たいものが走るが、男はすぐににこやかな表情に戻る。行商人の隣に腰を下ろすと、おもむろに右手を差し出してきた。

「こちらこそ、よいお取引にしましょう」

友好的な態度を示され、エリアスは内心ほっとしていた。握手を求めてくる男に応じ手を重ねる。

その直後、バチバチッとなにかが弾けるような音があがった。それとともにエリアスの周囲に細やかな光が散る。なにが起こったのかすぐには理解できなかったが、普段着用しているローブが視界に飛び込んできた途端、息が止まりそうになった。

魔力量に注意しながら、完璧に施したはずの変身魔法が解除されていたのだ。

「久しいですね、〈紫水晶〉の魔術師殿」

狐目の男がにやりと口角を上げる。エリアスは咄嗟に腕を引こうとするが、ガッチリと手を握られているせいで叶わない。

「隷属印を持つ者は、契約を交わした主を欺くことはできない仕組みになっているのです。魔術には精通していても、マギシュタイラで禁忌とされている術の詳細までは、さすがに網羅していなかったみたいですね」

逃れようと必死にもがくエリアスに対し涼しい顔で語る。エリアスの正体に気づいていたのは狐目の男だけだったらしく、部下や行商人は「俺たちを騙しやがったのか！」と声を荒げていた。

顔を歪め舌打ちをしたエリアスは、ジークハルトたちに突入を知らせる合図を送った。周囲が騒がしくなり、窓や扉が破られて騎士たちが乗り込んでくる。その先頭に立っているのはジークハルトだ。テオフィルとランドルフの姿も見える。

「おとなしくしろ！　王命によりお前たちを捕縛する！」

勇者の登場に部下たちは唖然としたものの、すぐさま調度品の陰に隠してあった剣を手に取り、仲間と背中合わせになる形で身構えた。

その間に、エリアスは狐目の男によって体を押さえ込まれてしまう。必死に抵抗していたエリアスだが、喉元に短剣を突きつけられ、身動きが取れなくなる。

「おっと。美貌の魔術師の喉を引き裂かれたくなければ、動かないほうがいいですよ。勇者様も、騎士のみなさんも」

飄々とした物言いで告げる男に、長剣を手にしたジークハルトが悔しげに眉を寄せた。騎士たちも身動きが取れず、対峙する輩と睨み合うばかりだ。

一方、男は優勢に立ったことを確信した様子で、饒舌に語り出した。

「あれほど魔力を奪われながら、まだ我々を欺くだけの変身魔法を使えるのですから、〈紫水晶〉の称号は伊達《だて》ではございませんね。しかし残念ながら……――」

と、そこまで話したところで、男が唐突に言葉を止めた。

いつまで経っても続きをしゃべり出す様子がないため、エリアスは不審に思い、横目で男をうかがう。そして、今度は驚愕《きょうがく》のあまり身動きが取れなくなった。

まるで体の内側で火が燃えているかのように、男は口から黒い煙を吐いた。口だけではなく、耳や目があった場所からも黒煙が漏れ出る。奴の部下や行商人も同じ状態に陥っていた。

男たちの体内からあふれた黒煙は、やがてその全身を覆い尽くしていく。エリアスを捕らえる腕も実体をなくし、真っ黒な靄があるばかりなのに、どうしてかそこから抜け出すことができない。

「これは一体なんなんだ……!?」

ランドルフの困惑した声が耳に届く中、金貸したちを飲み込んだ黒煙はエリアスの後ろに集まり、ぼんやりとした人型を作っていく。それとともに部屋の中に禍々しい気が満ちていった。

「まさか……この姿って……」

テオフィルが呆然とつぶやく中、靄の背中に当たる部分からコウモリの羽が、頭部からは山羊のような角が生える。左目に当たる部分が見当たらないのは、封印された際、初代勇者に聖剣を突き立てられたせいだろうか。

四〇〇年前に君臨した、史上最悪の厄災――魔王がそこにいた。

『親愛なる愚民よ、ご苦労であった。邪気にまみれ穢れきったその魂は、我が糧としてこの体の中で生き続けることだろう』

脳に直接訴えかけてくるような声に、エリアスは強い不快感を覚え顔を歪めた。ジークハルトたちも手で頭を押さえ、眉をきつく寄せている。

口がどこにあるのかも定かではない、靄に包まれた体で、魔王はなおも語り続ける。

『愚民どもに集めさせた嘆きと苦悶《くもん》の叫びにより、実体を取り戻すのに十分な力を得ることができた。この世の覇者の復活を祝し、今宵《こよい》はマギシュタイラの歴史上、最悪の催しをご覧に入れよう』

魔王が右手を上げるような素振りをした途端、外から激しい咆吼《ほうこう》が聞こえてきた。それとともに、地鳴りのような音があがる。

騎士たちが「なにごとだ⁉」と困惑の声をあげる中、エリアスは町を散策していたときに出会った、とある男性の言葉を思い出していた。

――魔獣の奴らは、俺たちに手出しできないのが悔しくて仕方ないらしい。夜になると一箇所に集まって鳴き声をあげるんだ。

魔王の意思により効果を反転させられた「幸せになる石」は、アイナシュタクスに最大級の不幸を呼び込もうとしている。

「魔獣たちが山を駆け下りてきたのだ！　住民たちを守れ！」

エリアスが声を張り上げると、騎士たちは顔面蒼白《がんめんそうはく》になる。外へ駆け出していく者と、魔王と対峙する者で別れる中、靄が急激に濃くなった。エリアスもまたいつの間にか靄に飲み込まれていたことに気づく。

「エリアス！」

慌てて飛び込んできたジークハルトが手を伸ばしてくる。それをつかもうとするが一足遅く、視界が暗転すると同時にエリアスの意識は途切れた。

くぐもった声がどこかから聞こえる。窓の外で騒いでいる人物を、建物の上階から眺めているときのような、現実味のない遠い声。

それを聞きながらおもむろに目を開けたエリアスは、自分が今、真っ暗な空間に横たわっていることに気がついた。視界が悪い中でも体の輪郭が見え隠れすることから、深い闇に飲まれているわけではなく、黒い靄がその場を覆い尽くしているのだと分かる。

（そうだ。私は魔王に取り込まれて……）

体を起こしながら事の経緯を思い出すうちに、「死」という言葉が脳裏を過りエリアスは身震いした。しかし顔の前で両手を開いたり閉じたりすると、体を動かしている感覚がはっきりと分かる。全身を流れる魔力量は、隷属の契約を結ぶ前と同等まで戻っていた。

その場に立ち、周囲を見回したエリアスは、この空間を満たす淀んだ空気に眉を顰める。

（とてつもない量の邪気だ。まだ魔王の体内にいるということか……？）

そうだとしたら、脱出する方法を考えなくてはならない。エリアスは口から鼻にかけて手で覆い、慎重な足取りで周辺の様子を探り始めた。

黒い靄を掻き分けるようにして進むうち、どこからともなく聞こえてくるこもった声が、徐々に明瞭になっていく。

『金が欲しいぃ……金を、金を寄越せぇ！』

『もっと……もっともっと美しくなりたい……誰よりもわたしに注目してよ……！』

『なぜあいつばかりがいい思いをする!? 優れているのは俺のほうだというのに！』

際限のない欲望や、他人への妬《ねた》み嫉《そね》み。黒い靄の中で、老若男女様々な声が負の感情を喚き散らしている。行商人や金貸しに「嘆きと苦悶の叫び」を集めさせた……と魔王が語っていたことから推察するに、声の主は奴に取り込まれた魂の成れの果てといったところだろうか。

（司祭様も、フランツが異変に気づいて私に連絡を寄越さなければ、絶望しきったところを魔王に取り込まれていたかもしれない……）

起こり得た未来を想像し、背筋が寒くなる。ローブの腹部をぎゅっと握りながら歩いていると、前とも後ろともつかない場所から、女性の啜《すす》り泣《な》きが聞こえてきた。

『どうして裏切ったの……？ ずっとわたしだけを愛してくれるって言ったじゃない……』

恋に破れた女性の悲痛な声が胸に刺さり、エリアスは堪らず眉を寄せた。聞き覚えのある声ではないのに、自分が責められているかのように心が苦しくなる。

以前であれば他人事《ひとごと》のように憐れんでいたかもしれない。けれど別れさせ屋の仕事により、自分もまた他人の心を弄んでいたのだと気づいた今は、罪悪感を抱かずにはいられなかった。

ジークハルトと出会うまで、エリアスは誰かに想いを寄せたことがなかった。だから知らなかったのだ。愛した相手に突き放されることで、どれほど心に深い傷を負うかなんて。

（別れさせ屋など、安易に引き受けるべき仕事ではなかった。……金を得るためだけに、婚約者との仲を引き裂いてきた人たちには申し訳ないことをした）

鉛を飲んだように鳩尾が重くなるのを感じながら、エリアスは必死に足を動かし続ける。

魔力は戻ったものの、魔王の体内では魔法を持続させることができないらしい。周囲を照らすべく光の球を作ろうとしたが、手のひらに浮かべたそれは、膨らみきる前に消えてしまった。恐らく、内側から攻撃されることを回避するためだろう。

仕方なく手探りで歩いていると、やがて、靄に覆われた視界にぼんやりと人影が見えてきた。後ろ姿ではあるが、その派手な身なりから、先ほどまで対峙していた狐目の男だと悟る。

「お前も無事だったというわけか。なぜお前たちは魔王に協力していた？　ここから脱出するためにも、知っている情報をすべて吐け」

狐目の男の背後に立ち、エリアスは毅然とした態度で告げた。しかし男は無言を貫き、一向に振り返ろうとしない。糧にされそうになってもなお、魔王に忠誠を誓っているのだろうか。

「いい加減に目を……――ッ」

肩をつかみ、強引にこちらを向かせたエリアスは、すべて言い切る前に息を呑む。狐目の男の肉体はすでに滅び、衣服を身にまとった骸骨と化していた。

糸が切れた人形のように、骨ばかりの体がガシャッと音を立てて崩れ落ちる。骸骨は風に舞う砂のように細かく砕け、黒い靄に吸い込まれていった。

（私も、この場に留まり続ければいずれこうなるのか……？）

死の足音が近づいてきているのを感じ、急激に全身の血が冷えていく。焦りを覚える中、呪詛《じゅそ》の言葉を吐き続ける声に混じり、ふいに耳馴染みのある音が聞こえた。

「……アス、そこ……のか、……リアス！」

必死に自分を呼ぶジークハルトの声に、エリアスははっとした。慌てて周囲を見回すと、靄の中にちらちらと人の姿が見え隠れする。漂う靄が薄くなったときにその声は聞こえてくるらしい。

（靄を晴らすことができれば、私の存在をジークハルトに知らせられるか……？）

エリアスは銀の杖を手に取り、風魔法を発動させようとした。けれどやはり、杖の先端に風が集まり始めたところで霧散してしまう。

魔法を使わず、邪気にまみれた靄を薄めることはできないか。そう考えたところで、脳裏に一つの案が浮かんだ。右手で線を引くように動かすと、収納していた魔石が姿を現す。透明なその石は、かつてガラス石と間違われ破格の値段で売られていた浄化石だ。

穢れを清める効果のあるそれを右手で握り、できる限りの魔力を込めてからジークハルトの声がした方向へ放り投げた。

途端に靄の一部が晴れ、剣を構えるジークハルトの姿が目に飛び込んでくる。その隣でランドルフが、後方ではテオフィルが騎士たちとともに、厳しい表情でこちらを睨みつけていた。

「ジークハルト！」

エリアスが声を張り上げると、ジークハルトが顔色を変えた。彼らはエリアスよりも低い位置にいて、目の前の光景は魔王の視界を通じて得た情報だと悟る。エリアスが意識を失っている間に場所を移動していたようで、背後にはアイナシュタクスの町が見えた。

魔王による被害か、それとも山から下りてきた魔獣によるものか、町は半壊状態にあった。石畳の上に瓦屋根や屋台に並んでいた商品が散乱し、提灯が無残に踏み潰されている。ジークハルトたちの後ろからは、逃げ惑う町民の悲鳴や魔獣の咆吼が聞こえた。

（これが、四〇〇年前に人々を震え上がらせた魔王の力……）

その脅威を肌で感じ、エリアスが唾液を飲み下す中、ジークハルトがまっすぐこちらを見据える。思惑どおり、靄が薄まったことでエリアスの声が届いたらしい。

「エリアス、そこにいるのか⁉」

「ああ、私は無事……うわっ！」

返事をしようとしたところで急に大きな揺れが起こり、エリアスはその場に転倒した。魔王がジークハルトたちに攻撃を仕掛けているらしく、靄の間から見える光景が目まぐるしく動く。

魔王が右手を振り上げると、漆黒の雷が石畳へと落ちていく。ジークハルトとランドルフはすばやい身のこなしでそれを避けた。テオフィルが聖典を読み上げ、光魔法によって雷を打ち消す。

秀でた脚力で地面を駆けたランドルフが、魔王の右腕に双剣を走らせた。しかし黒い靄でできた腕は、ぐにゃりと歪んだのち、すぐにまた元の位置に戻っていく。伝承どおり、やはり勇者の聖剣による攻撃でなければ魔王には効かないらしい。

魔王もそれは承知しているようで、明らかにジークハルトを警戒していた。ランドルフには目もくれず、ジークハルトに攻撃を集中させて近づかせまいとする。ジークハルトの得物は長剣なので、距離さえ取れていれば安全だと考えているのだろう。

以前であればきっと、ジークハルト一人でなんとかしようとしたはずだ。けれど王国の平和を守る勇者として、旅の中で成長を見せたジークハルトは、決して独りよがりな戦い方をしなかった。戻ってきたランドルフに迷いなく指示を飛ばす。

「剣が届く場所までたどり着けるよう、道を切り開いてくれ」

ジークハルトは剣の柄を握り直しながらそう言って、横目でちらりとランドルフを見る。他にもなにか告げている様子だったが、魔王が立っている位置からは聞き取ることができなかった。

「斬り込み役なら任せろ。戦闘民族と言われたダークエルフの力を魔王に見せつけてやる」

ランドルフは臨戦態勢のまま、ジークハルトの言葉に頷く。秀でた身体能力に加え、仲間と連携する戦い方を覚えたランドルフは、他の追随を許さないほど優れた剣士になっていた。

「テオフィルは俺とランドルフに防御魔法をかけてくれ。だが、テオフィルが狙われることがあればすぐに自分への防御へ切り替えるように」

「分かりました。必ずや、ジークハルトをエリアスのもとまで連れて行ってみせます」

続けて指示を受けたテオフィルもまた、凛とした佇まいで答える。戦いの最中に動転していたのが嘘のように、その姿は毅然としていた。実戦で積み重ねた経験が彼に自信を与えたのだろう。

「うちの勇者の大事な右腕を、返してもらわないといけませんからね」

聖典を開いたテオフィルは、丸眼鏡を目許に押し込み、にやりと口角を上げる。

「エリアスに檄《げき》を飛ばしてもらわないと調子が出なくて困る」

と言って、ランドルフは右手に持っていた剣をくるりと回転させた。

その隣で、ジークハルトは「まったくだ」と眉を上げる。飄々とした調子だが、彼の金色の双眸には隠しきれない炎が燃えていた。

「待ってろよ、エリアス。俺たちがすぐにそこから連れ戻してやる。エリアスがいない日常なんて、俺たちにはもう考えられないんだからさ」

口許に薄い笑みを浮かべながら、ジークハルトは覚悟と闘志を宿した瞳で魔王を睨みつけた。最大の敵を前にしていながら、恐れを成す者は一人もいない。皆、エリアスを助け出すために全力を尽くしてくれている。

彼らの勇姿を前にし、胸が震えた。右手を当てると、ローブの下でどくどくと心臓が脈打っているのが分かる。恐怖でも緊張でもなく、信じ合える仲間を得られた喜びに拍動しているのだ。

「……行くぞ」

一呼吸置き、ジークハルトがランドルフとともに石畳を蹴った。そのまま魔王目がけて突撃してくる。

魔王が右腕を振り上げると、無数の棘《とげ》が生えた蔦が石畳の下から飛び出してきて、二人の行く手を阻んだ。しかしランドルフは軽い身のこなしでそれらを飛び越え、空中で回転しながら双剣を振るう。鋭い刃で刈り取られ、ジークハルトの前方に道ができる。

難を逃れた数本がジークハルトに飛びかかるが、彼の首に届く前に光の壁に阻まれてしまった。後方支援に徹するテオフィルの、正確な防御魔法が効いたらしい。テオフィルに蔦の魔の手が迫るが、彼の護衛をしていた騎士たちによって切り落とされる。

魔王は次々に策を講じるが、ジークハルトの軽快な身のこなしと、ランドルフとテオフィルによる完璧な援護により、足止めをすることができずにいた。心なしか魔王の反応が鈍い……と思い、ジークハルトたちが左側から回り込むようにして接近していることを悟る。

（そうか。魔王は左側の視野が狭いのか）

初代勇者に潰された左目は、実体化してもなお取り戻せずにいるのだろう。魔王との戦いの中で、ジークハルトはそれに気づいたに違いない。やはり状況判断が冷静だ。

どんどん近づいてくるジークハルトに、エリアスを取り囲む黒い靄がざわめくのが分かる。魔王の焦りが伝播《でんぱ》しているのだ。そうこうするうちに、ジークハルトが半壊した建物を駆け上り、すぐそばの屋根まで迫ってくる。

「今だ！」

エリアスが叫ぶと同時にジークハルトは跳躍した。魔王の胴目がけ、剣を突き立てる。

その瞬間、刃に青白い光が走った。勇者だけが使える聖なる力が、魔王の邪気を打ち消そうとしている。これで終わりだ……誰もがそう思った。

ドクンッ、とエリアスの心臓が大きく跳ねたのはそのときだった。鎖骨の上が痛いくらいに熱を放ち、同時に強烈な力が体内に流れ込んでくる。

「ぐ……ッ!?」

喉の下を両手で押さえ、エリアスは低い声で呻いた。その場に膝をついてくずおれる。エリアスの声はジークハルトにも届いたらしく、空中を舞ったまま驚愕に目を見開いた。

『残念であったな。私にはもう、勇者の力は効かない』

胴を一突きされたというのに、魔王が動揺する様子は微塵もなかった。むしろ、今の攻撃によってなにかの確証を得たかのように悠然としている。

魔王は右腕を振り上げると、ジークハルトを横殴りにした。まるで猫に弄ばれるネズミのように、彼の体はいとも簡単に吹き飛ばされる。

「ジークハルト‼」

地面に両手をついたままエリアスは声を荒げた。殴られた反動で剣が引き抜かれた瞬間、その刃が目に留まる。魔王を浄化するはずの聖なる力はすっかり消え失せていた。

真横に飛んだジークハルトの体は、建物の壁に激しく打ちつけられ、そのまま地面に落下した。防具に身を包んでいるとはいえ、その痛みは強烈だろう。ジークハルトは激しく咳《せ》き込《こ》み、全身を震わせる。テオフィルが慌ただしく聖典を捲《めく》り、治癒魔法の呪文を唱えながら駆け寄っていく。

目の前で繰り広げられた光景を、エリアスは瞬きもできずに見つめていた。

(一体どういうことだ……？　ジークハルトの剣は確実に魔王を捕らえていた。勇者が手にした剣は聖剣となり、魔王を打ちのめす唯一無二の力を得る……そのはずだろう？)

一度は剣に宿ったはずの聖なる力は、どこへ消えてしまったというのか。混乱する頭で必死に考える中、ジークハルトが地面に手をつき体を起こす。

「だい……じょうぶ、か……？　エリアス……」

打ち身による痛みで顔を歪めながらも、ジークハルトは必死に声をかけてきた。

「わ、私よりお前のほうが重傷だろう⁉」

「剣……で、斬られて……エリアスにも、痛みがあったんじゃないかと……」

ゼエゼエと荒い呼吸を繰り返し、剣で体を支えながら、ジークハルトは懸命に言葉を紡ぐ。自分の体よりもエリアスを心配する彼に胸が詰まり、見えていないと分かりながらもエリアスは大きくかぶりを振った。

「斬られた痛みはなかった。このまま攻撃を続けてくれ！」

その言葉に嘘はない。刀傷の痛みによって悶えたわけではないのだ。

けれどあの瞬間、なにかが体の内側で急速に膨れ上がるような苦しみを覚えたのも事実だった。

(隷属の契約によって魔力を奪われるのとは真逆の感覚だった)

エリアスが困惑する中、体勢を立て直したジークハルトとランドルフがもう一度突撃してくる。テオフィルの援護を受けながら、彼らは魔王と距離を詰めていき、改めてその体に聖剣を振るった。

しかしジークハルトの攻撃を受けるたびにエリアスは苦痛を覚えた。内側に強制的に空気を送り込まれ、体が膨張するような苦しみだ。呼吸が詰まり、雷にでも打たれたかのように皮膚にビリビリとした痺れが走る。

堪えきれない悲鳴はジークハルトの耳に届いているらしく、彼の剣は明らかに鈍り始めていた。一方で、魔王はいくら聖剣で斬られても息一つ乱さない。靄で覆われた体に刃が触れた瞬間は、確かに聖なる力が光を放っているのに、それは瞬く間に消えてしまう。

――まるで魔王の中に吸収されるように。

「まさか……」

靄の中で蹲《うずくま》りながら、エリアスは思い至った可能性に目を見開いた。そのつぶやきを耳聡く拾った魔王が、地響きのような笑い声をあげる。

『ようやく気がついたか、〈紫水晶〉の魔術師よ。お前の器を内側から破壊しようとしているのが、私を打ち負かすはずの聖なる力だということにな』

その言葉に、ジークハルトたちが愕然とした様子で立ち尽くした。エリアスは悔しさに拳を震わせ、眉間に深い皺を刻む。

エリアスと隷属の契約を結んだ狐目の男は、穢れた魂を取り込まれ魔王の一部となった。それにより契約主が魔王へと切り替わり、互いの間に繋がりができたことで、エリアスを「力」の貯蔵庫にしようと考えたのだ。

聖なる力は刀傷から魔王の内部に入り込み、その穢れを内側から清めていく。しかし元々「魔力の器」を持つ魔術師を体内に取り込むことで、自分を滅ぼすはずの力をそちらに流し込むことが可能になる。それによりいくら聖剣で攻撃されても、聖なる力で浄化されるのを防げるというわけだ。

魔術師や一部の修道士のみが持つ魔力の器は、人によってその許容量が異なる。鍛錬によってある程度器の大きさを変えることはできるが、上限は必ずあるものだ。上限を超えた力は魂を破壊し、宿主の命を奪うとされていた。

「俺がいくら攻撃をしても魔王には効果がない。それどころか、エリアスの命を削っちまうってことかよ……ッ！」

ジークハルトは額に青筋を浮かべ、怒りを抑えきれない様子で魔王を睨みつけた。その様子に、魔王が嘲笑を漏らす。

『まったく手立てがないわけではない。魔術師の魂が壊れるまで攻撃を続ければ、力の受け入れ先がなくなり、再び私を蝕むことができる。仲間一人の命と引き換えに王国の民を救えるものであれば、安い犠牲と言えよう』

その方法が最もジークハルトを追い詰めると分かったうえで、あえて己の弱点を晒しているのだろう。小馬鹿にするような態度に、ジークハルトが苛立ちも露わに顔を歪めた。ランドルフとテオフィルも悔しげに肩を震わせている。

絶望的な状況に騎士たちが立ち竦む中、エリアスは他に方法がないか必死に策を練り続けていた。

(自己犠牲の道を選ぶことは簡単だ。けれどその結果、大切な人の心に傷を残すことになる)

父代わりだった司祭が、礼拝所でひどく取り乱し、エリアスに謝罪の言葉を繰り返していたことを思い出す。エリアスの命と引き換えに魔王を倒したとしても、ジークハルトは深い後悔の念を抱いたまま残りの生涯を過ごすことになるだろう。

ジークハルトは、エリアスにとって初めて愛した男だ。彼の心を傷つけるような選択をしたくない。

あふれんばかりの力で満ちた手を、エリアスはじっと見つめた。

(せめて魔力を外に逃がす方法があれば……)

魔力を溜め込む魔法はあるものの、意味もなく消費する術は存在しない。魔法を乱発すれば魔力は減っていくが、この空間で魔法を発動することは難しかった。そもそもエリアスの魔力保持量が上限に到達しない限り、いくら聖剣を受けても魔王を消耗させることはできないのだ。

（いや、待て。……魔力を溜め込む？）

あれこれ考えを巡らせていたエリアスは、数秒ののち瞬きを止める。すぐさま右手を宙にかざすと、狐目の男と交わした契約書を取り出した。びっしりと文字が書き込まれた羊皮紙の、支払いが遅延した際の罰則について記された部分に目を通す。

焦りで目を滑らせながらも、何度もそこを読み込んだエリアスは、おもむろに顔を上げた。剣を構えたまま、次の一手をどうするべきか分からずにいるジークハルトへと声を張り上げる。

「やってくれ、ジークハルト！　攻撃の手をゆるめるな！」

その言葉に彼は目を見開き、「なっ……」と声を震わせた。

「なに言ってんだ！　エリアスを犠牲にして魔王を倒すなんてこと、俺は絶対に……」

「分かっている。私だってジークハルトに、そんな重荷を背負わせるつもりはない」

すぐさまエリアスも反論し、ジークハルトを説き伏せる。魔王に聞かれていることを考えれば、詳しい方法を説明することはできない。けれど魔王を打ち負かすには、ジークハルトの協力が必要不可欠なのだ。

「一人でなんでも背負うなと、ジークハルトはそう言ってくれただろう？　だから助けてほしい。私を信じて、力を貸してくれないか？」

自分の思いが届くようにエリアスは懸命に訴えた。ジークハルトはしばし葛藤《かっとう》する様子を見せたが、一度まぶたを伏せ深く息を吸い込む。

次に目を開けたときには、夜空で輝く星のような瞳に、確固たる意思を宿していた。

「分かった。……エリアスを信じる」

低い声で答えると、ジークハルトはランドルフとテオフィルに合図を送り、再び臨戦態勢に入った。騎士たちと協力し、魔王の攻撃をかわしながら剣を振るう。

『なにをやっても無駄だ。魔術師が命を落とすこと以外、私を倒す術などない！』

いくら聖剣で斬られても傷一つ負わない魔王は、エリアスが悶え苦しむ声を聞かせようと、積極的にジークハルトの攻撃を受けにいく。体内で魔力が膨らむ苦しみにエリアスは呻くが、そのどさくさに紛れとある魔法を発動していた。

体の外側ではなく内側にかけた魔法は、周囲に漂う邪気に阻害されることなく効果を現す。それは、受けた魔力を自分のものにして吸収する力だった。

禁則魔法に次ぐ高位の魔術であるため、体内の魔力がどんどん失われていくのが分かる。けれどそれ以上に吸収する速度が早いため、エリアスの魔力の器はすでに破裂寸前まで膨らんでいた。

「ぐうぅ……っ！」

水責めに遭うような苦しみを覚え、エリアスは背中を丸めて身悶える。それでも決して杖を離さなかった。ジークハルトもまたエリアスを傷つけるつらさに顔を歪めるが、魔王の体に懸命に剣を走らせている。

（こんなことで負けて堪るか。ジークハルトの心に、傷など負わせて堪るか……！）

びっしょりと脂汗をかきながらも、エリアスは懸命にその瞬間が来るのを待った。

そうこうするうちに、苦悩する勇者の様子を楽しんでいた魔王が動きを止める。ジークハルトも異変を察し地面に降り立った。

『お前……、……私に一体なにをした……？』

魔王の視界に真っ暗な空が映り、天を仰いでいることが分かる。靄の間から見える光景がぐらぐらと揺れるのは、魔王が全身を震わせているからだろう。同時に、全身を苛んでいた苦痛が和らぎ始めたことをエリアスは悟る。

顎から汗を滴らせながら、エリアスは地面に手をついて上体を起こした。動揺を露わにする魔王を、ハッと鼻で笑ってやる。

「私と契約したのはお前だろう？　支払いを滞らせた者が、好き勝手に魔法を使っているのだからきちんと罰を与えろ。契約書に記したとおり、魔力切れ寸前まで力を奪うことでな」

そう告げた途端、隷属印が刻まれた鎖骨の間に鋭い痛みが走った。魂が破壊される寸前まで溜め込まれた力が急激に逆流し始める。――邪気で穢れきった、魔王の体内に向かって。

『アァアァァッ！』

聖なる力が奔流となってあふれ、エリアスの周囲を浄化していく。魔王の絶叫が響く中、辺りを覆っていた靄が晴れていき、ジークハルトたちの姿が鮮明に見えるようになった。

こちらに向かって駆けてきたジークハルトが、剣を振り上げる。わずかに残っていた靄が、紙を切り裂いたときのように真横に一刀両断された。

その裂け目から明滅する緑色の光が見える。エリアスの胸元でも同じ光が放たれていた。

愛し合う者の想いに反応する魔石が、ジークハルトとエリアスを引き寄せたのだ。

「──エリアス!!」

視界が白く染まる中、革手袋をまとった手がこちらへ伸ばされた。エリアスは迷うことなくその手をつかむ。力強く引き上げられるような、急速に落下するような、猛烈な勢いの中でエリアスは目をつむった。

ドサッという音とともに体に衝撃が走る。しかし誰かが受け止めてくれたおかげで痛みは感じなかった。邪気で淀んでいた空気が唐突に澄み、その落差にエリアスは咳き込む。

「大丈夫か!?」

すぐそばから声をかけられ、おもむろに目を開けると、ジークハルトが切迫した表情でこちらを見ていた。魔王の体内から脱出した彼は、両腕をエリアスの体に回し地面に座り込んでいる。エリアスを受け止めた勢いで後方に倒れたのだろう。

魔獣の討伐を担っていた騎士たちも駆けつけ、周囲は騒然とした。

魔王と思われる黒煙は、割れた瓦や潰れた提灯が散らかる石畳の上で蹲っていた。邪気の大半を清められたせいで、身を包む靄は随分と薄くなっている。すでに虫の息であることは一目瞭然だった。

それでも魔王は地面を這いずりながらなんとか逃げようとしている。その後ろ姿をジークハルトは鋭く睨みつけた。

「たくさんの人間を陥れ、不幸な目に遭わせてきたくせに、見逃してもらえるなんて思うなよ」

剣の柄を握り直したジークハルトは、魔王目がけて駆け出した。黒い靄の塊が眼前に迫ると、地面を蹴って飛び上がる。

「今度こそ、二度と目覚めないほど深く眠れ！」

青白い光を放つ聖剣が、魔王の右目に突き立てられた。途端に、魔王を中心に閃光《せんこう》が走る。視界が白色で塗りつぶされるような強烈なまぶしさを覚え、その場にいる誰もが腕で目を隠した。

光の洪水が収まる頃には魔王の姿は消えていた。聖剣が突き立てられた地面に、焼き色をつけたかのような聖紋が浮かび上がっている。一方で、鍔に刻まれた紋様はなくなり、通常の剣に戻っていた。

「勇者」という存在は、魔王を倒すために生まれると言われている。ジークハルトが手にしていた得物が聖剣ではなくなったということは、つまり、彼が勇者の役目を終えたことを示していた。

「こっ、これ！　魔王が封印された証ですよ！」

テオフィルが叫ぶと同時に、集まっていた騎士たちがワッと歓声をあげた。ランドルフもテオフィルに抱きついて喜びを示している。

アイナシュタクスの町が歓喜に沸く中、先ほどまで魔王に捕らえられていたエリアスは、怒濤《どとう》の展開に頭が追いつかずにいた。石畳の上に座り込んだまま動けずにいると、ジークハルトが颯爽と近づいてくる。

地面に片膝をつくと、左腕をエリアスの腰に回し、右手を差し出してきた。

「体調はどうだ？　魔王の中に取り込まれていたんだから、もし調子の悪いとこがあるなら、すぐにでもテオフィルに相談したほうがいい」

ジークハルトの手を取り、彼に助け起こしてもらいながら、エリアスは「いや」と首を横に振る。

「むしろここ最近で一番いいくらいだ。体に流れる魔力も……」

返事をしながら己の手のひらに目を向け、エリアスははたと動きを止めた。全身を巡る魔力は、枯渇した感覚もなければ過剰に増えた感覚もない。支払いの遅延が発生する前となんら変わらない量だ。

一瞬の沈黙ののち、エリアスは慌ただしい手つきでシャツの釦を二つ外した。

「ジ、ジークハルト。隷属印はどうなってる……!?」

鎖骨の間が見えるように合わせ目を広げ、エリアスは勢い込んで尋ねた。周囲の騎士たちは仲間と喜びを分かち合うのに忙しく、エリアスたちの会話は耳に入っていない様子だ。

エリアスの首の下に視線を向けたジークハルトが、驚愕に目を見開く。

「消えてる……鎖骨の間の印が消えてるぞ！」

両手でエリアスの肩をつかみ、揺さぶるようにして訴える。我がことのようにジークハルトが表情を輝かせる中、エリアスは唖然とするばかりで言葉が出てこない。

狐目の男から魔王へ引き継がれた契約は、その魔王が再封印されたことによって破棄されたらしい。八年間にわたってエリアスを縛りつけていた隷属の契約が解かれた瞬間だった。

呪縛から解放されたと分かっても、エリアスはいまだ実感が湧かずにいた。契約に囚われたまま生涯を終えるのだと思っていたせいで、自由の身になる未来を想像できていなかった。

「私は……私の人生を、好きに生きていいのか……？」

エリアスがぽつりと漏らすと、ジークハルトはほんの一瞬、泣き出す直前のような表情を見せる。それを強引に笑顔に戻し、エリアスをきつく抱き竦めた。

「ああ。エリアスはもう自由なんだ。なににも縛られることなく、自分の心の赴くままに生きろ」

慈しみに満ちた声は微かに震えていた。ジークハルトのほうが感極まっているのだと知り、エリアスは自然と口許を綻ばせる。

魔術師に弟子入りしたあとは、馬鹿にしてきた奴らを見返すべく、必死に努力を重ねてきた。特権階級の地位を得てからは侮られることはなくなったが、それからすぐに隷属の契約を結んだため、支払いが遅れないよう必死に金を掻き集める日々を過ごしてきた。

今さら自由を手にしたところで、どんなふうに生きればいいのか分からない。けれど、そんな不確かな未来にも不安はなかった。

真っ暗な闇の中で膝を抱えていた自分を、きらめく星のような優しい光で照らしてくれた人がいる。困っていたら必ず助けると、約束してくれた人がいる。

「……どうかこれからも、ジークハルトには私を導く希望の光であってほしい」

ひんやりとした肩当てに頬を寄せ、エリアスは穏やかな口調で告げた。革手袋をまとった手で、ジークハルトがそっと髪を撫でてくる。

「今までの人生で一番好きになった人が、俺に『希望』を見出してくれたのなら、これほど勇者冥利に尽きることはないな」

応えるジークハルトもまた、和やかな空気をまとっていた。

後頭部を軽く突かれ、促されるまま顔を上げると同時に唇を奪われた。掠め取るようなキスにエリアスはぽかんとする。

驚いたのはエリアスだけではなかった。喜びの声をあげていた騎士たちが、いつの間にか動きを止め、こちらの様子をうかがっている。魔王を打ち倒した勇者と、彼の仲間である魔術師の関係を知り、驚いているのだろう。

「……もしやこれは、勇者との婚約を望まない王女殿下のための演出か？」

ジークハルトの腕の中でエリアスはくすりと笑う。二人が恋仲であることを騎士たちに見せつけ、婚約の話が浮上しないようにしようと目論んでいるのかと思ったのだ。なにせこの勇者は、爽やかな好青年に見せかけておいて、案外と策士だから。

けれどジークハルトは、「いや？」と首を傾げてみせる。

「エリアスに贈るキスに、『愛している』以外の意味なんてないだろ」

揺らぐことのない眼差しには、確かな熱が込められていた。演出などではなく、今この瞬間、本気で求められているのだと思うと急激に体温が上がる。

けれど彼の力強い双眸に捕らえられたら、拒むことなどできなかった。普段は調子のいい彼が、時折見せる真剣な表情にエリアスは弱いのだ。それから、年下らしい可愛らしさを覗かせる瞬間も。

（……いや、もう全部だな。惚れた弱みとはこのことか）

結局、彼がなにをしようとすべて許してしまうのだろうと、エリアスは苦笑とともに再び唇を受け入れた。

騎士を呼び寄せていたことが功を奏し、アイナシュタクスを襲った魔獣の群れは、魔王を再封印したのとほぼ同時にすべて討伐することができた。収穫祭に参加していた観光客の中には、常日頃から魔獣討伐を担っている冒険者も多くいて、彼らが協力してくれたのも大きかった。

負傷者は少なからず出たものの、一人の死者も出さずに済んだのは、あれだけの魔獣に襲撃されたことを思えば幸運だったように思う。

魔王の再封印から一週間。国王との謁見を終えたエリアスとジークハルトは、王城の正面から伸びる階段を目指していた。階下には馬車が控えているので、それに乗って王都の宿を目指す予定だ。

テオフィルとランドルフも同じ場に呼ばれ、功績を讃《たた》えられ褒章を得たのだが、彼らはしばし王城に滞在することになっている。エリアスとジークハルトも当初は同じ予定だったものの、丁重に辞退した。

「結局、魔王を利用して金儲けをしようと企んでいた行商人たちは、最後は魔王に足元を掬われた……というわけか」

謁見の場で聞かされた魔王復活の全容を思い出し、エリアスは溜め息交じりに漏らす。

魔王が復活した際に居合わせた連中の他にも、狐目の男には数名の仲間がいたらしい。しかし魔獣の討伐が完了したあと、彼らは漏れなく憲兵に自首をしてきた。「黒い煙になりたくない。どうか助けてくれ」と決死の形相で訴えながら。

彼らの証言によると、違法な仕事で金を得ていた狐目の男たちは、十年前、立ち入りが禁止されている魔王封印の地に侵入した。

魔王の邪気を受けた地から魔石が採掘されるようになったことから、魔王が封印されている場所であれば、より品質のいい魔石を得られるのではないか……と考えたらしい。

そこで、封印されているはずの魔王の声を耳にした。

『その剣を取り払い、私を解放しろ。そうすれば、お前らが膨大な富を得られるよう力を貸そう』

魔王にそそのかされた男たちは、言われるがまま、封印の要である聖剣を引き抜いてしまった。

しかし、四〇〇年にわたる封印で力の大半を失っていた魔王は、すぐに実体を現すことができなかった。そのため、男たちの金儲けを手助けする振りをして、力の源となる「恨みつらみによって穢れた魂」を男たちに集めさせたのだ。

邪気をまとう石を「幸せになる石」と称して売らせ、耐えがたい不幸によって絶望する人間が現れると、その魂を己の糧にした。それだけでなく、復活後に脅威となりそうな芽を摘むべく、秀でた力を持つ魔術師を罠にはめ魔力を奪っていたという。エリアスと同様に隷属の契約を結ばせて。

狐目の男たちは魔王と協力関係にあると思っていたようだが、長年邪気に晒され続けた結果、魂を穢され魔王の養分にされてしまった。町の中にいた仲間も黒い煙となって消えたらしいが、比較的加入が新しい数名は生き延びることができた。

それで、恐ろしくなって自首をしてきた……という訳だ。

「収穫祭の夜のうちに、アイナシュタクスの住民や観光客とあわせて、行商人たちの命も奪うつもりだったんじゃないか？　魔獣が襲撃してくることをあいつらは把握してなかったみたいだし。実体を現せるのに十分な力が溜まったから、もう用なしだと思ったんだろうな」

ジークハルトの推察は恐らく当たっているだろう。結局、他人の不幸を利用して金儲けをする奴は、自分も不幸の沼に引きずり込まれるというわけだ。

晩秋の澄んだ青空を見上げ、エリアスは気持ちを切り替えるように小さく息を吐く。王城の出入口横に立つ門番に頭を下げ、真紅の絨毯が敷かれた長い階段に足を踏み出すと、隣を歩くジークハルトが「そういえばさ」と口を開いた。

軽薄で調子のいい勇者は、こちらを見ながらにやにやと口許をゆるめている。

「俺たちの関係について、やっぱりもう国王陛下はご存じだったな」

その言葉に、エリアスは謁見の間での出来事を思い出し、カーッと頬を燃やした。羞恥のあまり目眩を覚え、額に手を当てうなだれる。

「……ジークハルトが人前でキスをしてきたせいではないか」

「王女殿下との婚約を勧められずに済んだんだから、結果的によかっただろ？」

じとっとした目を向けるエリアスに対し、ジークハルトはあっけらかんとした調子で返す。

魔王の再封印を終えた際、ジークハルトがエリアスにキスをする姿は、その場に居合わせた多くの騎士たちに目撃されていた。

二人が恋人同士だという噂は国王の耳にも届いたらしく、褒章を授与したのちに、『偉大な勇者と魔術師の愛を、王家としても祝福する。婚礼の儀は王国をあげて執り行うので、気持ちが固まった際はぜひ声をかけてほしい』と穏やかな表情で告げてきたのだ。

同じ場にいたテオフィルとランドルフは、肩を震わせながら懸命に笑いを堪えていて、その姿を視界の端に捕らえたエリアスは顔から火を噴きそうになった。

ちなみに王城への滞在を辞退した理由についても、ジークハルトが『エリアスと二人でゆっくり過ごしたくて』と告げたことが決め手となり、国王も『確かにそれもそうだな』と納得し引き下がってくれたのだ。これまた失神しそうなほど恥ずかしかったが。

（まあ、当初の予定とは変わったものの、図らずもカロリーナ王女の願いは叶ったということか）

そんなことを考えながら橋桁を歩き出すと、なにかに気づいた様子の門番が「お待ちください」と声をかけてきた。振り返った先にいたのは、護衛騎士と侍女を連れてこちらへ向かうカロリーナ王女だった。

エリアスたちの前で足を止めたカロリーナ王女は、優雅な膝折礼を見せる。

「魔王の再封印という偉業を達成された英雄のお二方に、心より感謝を申し上げます。つきましては、わたくしからクラテンシュタイン様に、ぜひお伝えしたいことがございまして……」

上品な挨拶《あいさつ》をしながら、カロリーナ王女がちらりとエリアスに目を向ける。恐らく、勇者と王女の婚約阻止を達成したため、エリアスに報酬の話をしようとしているのだろう。

カロリーナ王女は、エリアスがあくまで「別れさせ屋」として、ジークハルトの恋人になった振りをしていると思っているのだ。そのことを察し、エリアスとジークハルトは顔を見合わせる。

ふっと表情を綻ばせたエリアスは、隣に立つ元勇者に身を寄せ、彼の腕に手を絡めた。

「ご依頼の件でしたら辞退させていただきます。依頼対象者に対し、実際に恋心を抱いてしまった者に、別れさせ屋を名乗る資格などございませんので。本日をもって別れさせ屋は廃業いたします」

エリアスの告白に、それまで王族の気品を見せていたカロリーナ王女が「えっ」と声を裏返らせた。

別れさせ屋の仕事をしていたのは、高額な報酬を得て、毎月の支払いが滞らないようにするためだ。隷属の契約がなくなった今では引き受ける理由がないし、そうでなくても、グンターとの一件を経てからは別れさせ屋を辞めようと決めていた。

相手の事情をなに一つ知らないまま、他人の恋心を弄ぶような真似がいかに愚かであったかを、今回の旅を経てエリアスは痛感していた。……それに。

（たとえ演技だとしても、もうジークハルト以外に言い寄ることなどできないからな）

隣の男にちらりと目をやると、彼は穏やかな眼差しを返してくる。胸の内を見透かされているようで照れくさくなり、エリアスはこほんと咳払いをした。

「王女殿下との婚約を勧めることができなくなってしまっても、国王陛下は嫌な顔一つせず、私たちを祝福してくださいました。国王陛下が心優しく聡明な方でいらっしゃることは、誰よりも王女殿下がご存じのはずです。王女殿下のお気持ちについて、国王陛下に打ち明けてみてはいかがですか？」

胸の内を素直に伝えると、カロリーナ王女は動揺した様子で視線を泳がせた。

けれど、微笑みを交わすエリアスたちを見ているうちに、徐々に肩から力が抜けていくのが分かった。演技でもなんでもなく、エリアスとジークハルトが心から想い合っているのが伝わったのだろう。

わずかに俯いた彼女は、腹の上で重ねた手をぎゅっと握る。

「そうね……。あなたの言うとおりだわ」

改めてこちらに向けられた瞳は、もう揺らいでなどいなかった。愛する人のため、決意を宿した彼女は、今までよりも少し大人びた顔をしているように見える。年若い王女の恋が成就することを祈りながら、エリアスたちは深い礼をして再び階段を下り始めた。

エリアスたちに用意された宿は、貴族が王都へやってきた際に利用する老舗《しにせ》の高級宿だった。元々は別の場所に泊まる予定だったのだが、「宿泊場所の手配はこちらでさせてほしい」と国王に言われ、今日になって急遽変更されたのだ。

魔石をふんだんに使った豪奢な照明器具に、華やかな織物で作られた窓帷、細やかな彫刻が施された調度品……。贅を尽くした部屋の奥には、男二人で転がってもくつろげるであろう広い寝台が設置されている。

その縁に腰かけたエリアスは、太股の間で手を組み、そわそわと落ち着かない様子を見せていた。湯浴みを終えた今はシャツとスラックスを身にまとった平服姿だ。

客室にやってきて早々に、エリアスは「浴場が混む前にさっさと湯浴みを済ませてくる」などと言い訳がましく告げ、ジークハルトのもとを逃げ出していた。理由は単純で、一台しか設置されていない寝台を前に、彼と顔を合わせているのが居たたまれなかったのだ。

(閨事を知らない無垢な乙女でもあるまいし)

入れ違いで浴場へ向かったジークハルトを待つ今も、咄嗟の行動を思い出しては羞恥が込み上げてくる。後悔の念に苛まれながらも、エリアスは先ほどから繰り返し同じ考えに行き着いていた。

（明後日から勇者とその仲間の功績を讃える祝宴が行われると聞いたが、少なくとも今日明日はなにも予定を入れていない。私たちの関係を考えたら、このあとはどう考えても……する、よな……？）

ジークハルトが戻ってきてからの展開を想像すると、それだけで忙しなく視線が泳ぐ。情事について確信を持てないのは、まだ一度も彼と体を重ねていないからだ。

アイナシュタクスの町で想いを告げられたあとは、行商人たちの捕縛計画を翌日に控えていたため、テオフィルたちが待つ宿へまっすぐ帰った。魔王の再封印を終えてからは、アイナシュタクスの被害や邪気の影響について確認する慌ただしい日々が続いていたため、そういう雰囲気にならなかった。二人きりになった瞬間を見計らって、何度かキスはしていたものの。

ぐるぐると考えを巡らせているうちに廊下側から扉を解錠する音がして、エリアスは弾かれたように腰を上げた。大した用事もないのに備えつけの収納庫の前に立ち、衣服掛けに下がるローブを整える振りをする。そうこうするうちにジークハルトが室内に足を踏み入れた。

「浴場もかなりの広さだったな。今後一生利用することがなさそうな宿だ」

背後でのんびりとした調子の声があがる中、エリアスは彼を振り返らないまま「そうだな」と短い返事をした。閨事には慣れているはずなのに、緊張している自分が恥ずかしくて仕方ない。

雑談すらろくにできずにいると、いつの間にかすぐそばに立っていたジークハルトが、後ろから腰に腕を回してきた。そのままゆったりとした動作で抱き寄せられる。

「嬉しかった。王女殿下の前で、俺に恋心を抱いてるって言ってくれて」

ほのかに熱が灯った声音と甘えるような仕草に、エリアスは胸を打ち抜かれたような気持ちになった。振り返って抱きしめ返すのは照れくさく、かといって素知らぬ態度を取るのも違う気がして、悩んだ末に彼の腕にそっと手を載せる。

「今さらだろう。ジークハルトの気持ちに応えた時点で、自分の想いも示したつもりでいたのだが」

あの態度だけでは足りなかったのだろうか……とエリアスは不安を抱いたが、ジークハルトは肩に頬を擦り寄せてきて、「ああ、分かってる」と返した。

「エリアスの気持ちはちゃんと伝わってるよ。それでもやっぱり、言葉で告げられるのは嬉しかった。……だから俺にもちゃんと言わせてくれ」

おもむろに身を離したジークハルトは、肩に手を置いてエリアスを体ごと振り返らせた。こちらを見つめる彼の精悍な面差しに、エリアスの目は釘《くぎ》づけになる。

「勇者の仮面を被るのが得意なだけな、中身のない人間だと思っていた俺に、『もっと自分を誇れ』と言ってくれたのが嬉しかった。魔王を封印した今、俺にはもう勇者を名乗れる力はないけど……胸を張ってエリアスの隣にいられるように、誇れる自分であり続けることを誓う」

そう語るジークハルトは穏やかな表情をしていた。けれど夜空に輝く一等星を思わせる金色の目には、確固たる決意が宿っている。

ジークハルトはエリアスの頬を両手で包み、雄弁な眼差しでエリアスを捕らえた。

「愛してる、エリアス。勇者としての旅は終わったけど、これからもずっと俺のそばにいてくれ」

飾り気のない言葉で思いの丈をぶつけてくる彼は、つかみどころのない言動で煙に巻く姿とも、薄っぺらい人間だと自嘲する姿とも異なっていた。仲間を思う気持ちと……それから、エリアスへの愛が彼を成長させたのだと思うと、喜びと感動で胸が切なく疼《うず》く。

頬に触れる手に己の手を重ね、エリアスはあふれ出る感情のまま微笑みを浮かべた。

「ああ、もちろんだ。私が恋をしたのは、国民が憧れる理想の勇者様ではなく、ジークハルトという一人の人間なのだから」

素直な気持ちを吐露するエリアスを前に、ジークハルトは驚いたように瞠目したのち、くしゃりと表情を崩した。どこか弱った様子の笑みを見せたかと思うと、首の後ろに腕を滑らせ勢いよく抱きしめてくる。

「まいったな。それなりに我慢強いほうだと思ってたのに、エリアスが相手だと簡単に理性を崩されて困る」

はー……と深い溜め息をつき、ジークハルトが苦笑交じりに告げた。唐突な抱擁にどぎまぎしつつも、エリアスはおずおずと彼の背中を抱き返す。

「我慢していたのか？」

「初対面のときから惹かれてはいたけど、本気で好きになってからは、エリアスの隣に立つのにふさわしい人間になってからじゃないと手を出しちゃいけないと思ってた。一時的に気分が盛り上がってるだけの、安易な恋じゃないから」

耳に触れる声には抑えきれない熱が込められていて、それに触発されエリアスの体もまた火照り始める。

彼のシャツをぎゅっと握り、エリアスは彼の首筋に顔を埋めた。湿り気を帯びた赤髪から香油と思われる甘い香りが漂ってくる。

「……今はもう、ジークハルトが言うところの『ふさわしい自分』になったと思っていいのか？」

控えめな調子の問いが孕んでいる期待と昂揚を、敏感に察したのだろう。ジークハルトはそっと体を離すと、エリアスの頬に右手を添え顔を覗き込んでくる。

「そういう自分であろうと覚悟を決めた。……っていうのは、エリアスを抱く資格になりそうか？」

こちらに向けられた金色の目には明確な火が灯っていた。思わず唾液を飲み下したエリアスは、逡巡ののち、大きな手に自ら頬を擦り寄せる。

「資格もなにも、私はずっとジークハルトに抱かれたいと思っていた。……別れさせ屋としてではなく、エリアス・クラテンシュタイン個人として」

幾度となく軽口の応酬をしてきた相手に、素直な心情を打ち明けるのはひどく照れくさい。それでも、可愛げのない言葉で体裁を保とうとするより、ジークハルトの想いに応えたい気持ちが上回った。彼が望むものはなんでも差し出したい。心から嬉しそうに笑う、屈託のない笑顔が好きだから。

エリアスの返事を聞き、ジークハルトは微かに眉を寄せ、唇を引き結んだ。劣情に突き動かされそうになるのを必死に堪えているかのような表情は、内側から滲み出るような雄の色香を醸し出している。

二人の間に漂う空気が湿り気を帯びる中、ジークハルトは顎に手を添えてきた。顔を上向けると同時に唇がしっとりと重なる。互いの弱い部分をさらけ出すように、やわらかな皮膚を触れ合わせ、角度を変えて何度も啄む。

親愛の情を伝えるキスは、間もなくして「その先」を望むものへ変わった。口を開けてより深く嚙み合わせ、互いの舌を絡める。

そうやって今までしていたものよりも濃密なキスをするうちに、気づけばエリアスはジークハルトの首に腕を回し、体ごと密着して彼を求めていた。ジークハルトもまたエリアスの後頭部に手を置き、頭を固定した状態で口付けを交わす。

「ん……っ、ふ……」

彼の舌は肉厚で力強く、根元から先端までをねぶられるとそれだけで体の芯が痺れた。頰の粘膜をくすぐる動作や、歯列をたどる仕草、厚い唇でエリアスのそれを食む動き。そういった一つ一つが気持ちよくて、繫がった場所から濡れた息が漏れてしまう。

唇を合わせているだけで下肢に熱が集まり、エリアスが堪らず太股を擦り合わせると、すかさずジークハルトが腰に手を添え移動を促してきた。

無言で寝台へ向かい縁に腰かけると、その横に片膝をついたジークハルトが、靴を脱ぐ間もなく押し倒してくる。ほんのわずかな時間でも離れているのが惜しいとばかりに、仰向けに転がったエリアスに覆い被さり唇を塞いだ。薄く開いた場所にすぐさま熱い舌が捻じ込まれる。

つい先ほどまで、ジークハルトは体を重ねることについて慎重な考えを示していたはずだ。けれどいざそうなってみると、彼の口付けは飢えた獣のように獰猛だった。エリアスの舌を搦め取り、口の端から唾液が滴るほど蹂躙する。

（喰われてしまうみたいだ……）

口腔《こうくう》から得る快感に陶然とする中、ジークハルトは太股を手で抱え、エリアスの体を寝台の中心に移動させようとした。足を完全に載せられてしまう前にエリアスは慌てて靴を脱ぎ捨てる。ジークハルトも靴の踵に指を引っ掛け、乱暴な手つきで寝台の横に落とした。

唾液の糸を垂らしながら口付けを解くと、濡れた唇をエリアスの首筋に移動させる。滑らかな肌の感触を味わうように舌を這わせ、同時にシャツの上から体をまさぐった。

「あ……っ、ジークハルト……」

大きな手のひらによって体の輪郭をなぞられ、エリアスは身を捩った。触れられた箇所がじわりと熱を帯びる。唾液をまとわせた舌で肌を濡らされるのも堪らなかった。

やがてシャツの裾から侵入してきた手が素肌に触れる。剣を握ることに慣れた固い皮膚が、慎重な動きでエリアスの腰や腹を撫でながら上を目指す。胸の上で円を描くように動き回ったそれは、やがて左右にある小さな突起にたどり着いた。

親指と人差し指できゅっと摘まれ、エリアスは思わず身を跳ねさせる。

「あっ」

「……ここで感じるのか？」

色欲を孕んだ低い声が耳を掠めた瞬間、カアッと頬に熱が上った。

「ち、違う。今までは別に……」

咄嗟に否定しようとして、エリアスは慌てて口を噤む。しまった、失言だ。想い人との閨事の最中に、他の男との経験をにおわせるのはさすがに配慮に欠ける。

エリアスはばつの悪さから視線を泳がせるが、おもむろに顔を上げたジークハルトは、特に気にする様子を見せなかった。それどころか、エリアスの慌てぶりを楽しむかのように口角を上げる。

「エリアスが過去に何人と関係を持っていようが、俺は別に気にしないけどな」

ジークハルトは鷹揚な調子で告げて身を乗り出し、エリアスの目尻に唇を寄せた。頬や鼻先にかけていくつもキスを降らせる。

真意が分からず困惑するエリアスを見つめたのち、ふっと口許を綻ばせた。

「どんな経験も全部、俺が塗り替えるつもりでいるから。他の相手とした情事はなんだったんだって思うくらい、体の隅々まで全部気持ちよくしてみせる」

だから、感じる場所があったら素直に教えて。

……と付け加えて、ジークハルトは再び唇を重ねてきた。唇の合わせ目からぬるりと舌が差し込まれると、それだけで頭がぼんやりしてなにがなんだか分からなくなってしまう。

ゆったりとした動作で口腔に出し入れされながら、指の腹でくりくりと乳首を転がされる。先端に添える程度の触れ方で淡い刺激を繰り返し与えられると、むず痒いような、うなじがぞくぞくするような感覚が湧き上がってきた。

「ぁ、ぁう……、んぅ……っ」

「くすぐったい？　それとも気持ちいい？」

「分か……ない……っは、ぁ」

キスの合間に尋ねられ、エリアスは切なく眉を寄せて喘ぐ。普段とは違う場所で性感を得ているとというより、体全体が敏感になっていて、どこを触られても肌が熱くなる。直接触られたわけでもないのに中心はすでに固くなっていて、スラックスの前を窮屈そうに押し上げていた。

初めて味わう感覚にエリアスが混乱する中、ジークハルトはおもむろに顔を離し、顎や首筋に口付けながら体を後退させた。シャツの釦を外され前を開かれると、ツンと尖った桃色の突起が露出した。

ジークハルトの喉仏が上下に動いたかと思うと、次の瞬間、右の乳首を口に含まれる。熱い舌で舐め転がされ、じゅっと音を立てながら吸われて、エリアスは体の内側から湧き上がる疼きに身悶えた。

「あぁっ！　や……ッ」

思わず大きな声が漏れてしまい、慌てて口を手で塞ぐ。そんな自分の行動に遅れて羞恥が込み上げ、顔を真っ赤に染めた。

エリアスにとっての閨事とは、依頼対象者の心をつかみ自分に陥落させるための最後の手段だった。声や表情、反応の一つ一つをすべて計算のうえで行っていて、どんなに乱れた素振りをしていても頭の中は常に冷静だった。

けれど今この瞬間、エリアスは予期せず嬌声を漏らし、それを聞かれたことに焦ってしまった。情事の最中なのだから声くらい出て当然なのに、恥ずかしがっている自分が恥ずかしくて動揺する。

困惑するエリアスを前に、ジークハルトは機嫌よく目を細め、尖らせた舌先でなおも乳首をねぶった。ぐりぐりと押しつぶす動きでくすぐりながら、反対側を指で捏ね回す。ぴんと爪で弾かれると、その拍子に「んっ」とまた反応してしまう。

胸を丹念に弄りながら、ジークハルトは右手をエリアスの下肢に下ろした。スラックスの中で主張するそれを、手の甲を使ってゆっくりと撫で上げる。端までたどり着くと、今度は手のひら全体で緩慢な愛撫《あいぶ》を施した。

やわやわと揉みながら先端を爪で掻かれ、ただでさえ余裕のなかったそこは一段と硬さを増す。察しのいい男はその変化を敏感に捉え、スラックスの上から握り込むと同時に力強く扱き始めた。

ゆっくりと全身に巡っていたはずの淡い快感が急激に明確になり、エリアスの体に火をつける。

「あっ！　ぁ、あ、だめっ」

腰を弾ませたエリアスは、せり上がってくる射精感に焦りを覚え、慌ててかぶりを振った。このままでは下着を濡らしてしまうと分かっているのに、込み上げてくる快感を逃すことができない。自分の体がこれほどままならないのは初めてだった。

胸を唾液で濡らされ、舌と指で虐められながら、中心を激しく手淫される。全身で味わう快感に、エリアスは背中をしならせて悦がった。張り詰めた雄が爆発する前にと、もたつきながらも必死にスラックスをくつろげる。

煮詰まった快感が放出される直前に、エリアスはジークハルトの手首をつかみ、余裕なく下着の中に差し入れた。先走りでぐっしょりと濡れたそこを、かさついた男の手が直接包み込む。

その温かさに触れた途端、エリアスはぶるりと身を震わせた。

「はぁ……っ、あ、ぁん……ッ」

全身を多幸感で満たされ、粗相をするように呆気なく精を漏らしてしまう。ジークハルトの手の中で、鈴口からとろとろと白濁が漏れるのが分かった。

白い肌を桃色に染め、恍惚の表情を浮かべて絶頂の余韻に浸るエリアスを、ジークハルトは無言で見つめていた。下着の中から手を引き抜くと、スラックスごとそれを下ろし、エリアスに足を引き抜かれる。されるがまま一糸まとわぬ姿になったエリアスは、己の痴態を悟り改めて羞恥を募らせた。

弄られすぎてぷっくりと膨らんだ乳首は、唾液にまみれ淫猥に光っている。下肢は様々な体液で濡れており、薄い下生えには白濁が散っていた。

ジークハルトは寝台に膝立ちになりながら、エリアスと同じ光景を眺めていた。ふー……と押し殺すような息を漏らしながら、シャツの釦を外して脱ぎ捨て、鍛え上げられた上体を晒す。

盛り上がった胸板と、割れた腹筋、下腹部から腰にかけて伸びた腹斜筋……。男性的な肉体美に、魔獣との戦闘でついたと思われる古い傷跡がいくつも残っていて、その歴戦の証が彼の色香をより一層引き立てていた。

その下にある彼の雄は、スラックスの上からでも輪郭が分かるほど勃起している。エリアスは思わずごくりと喉を鳴らし、おもむろにそこへ手を伸ばした。けれど指が触れるより先に、ジークハルトに手首を捕らえられてしまう。

「今日は俺が全部気持ちよくさせるって言っただろ？」

「でも、私だけが一方的にされるばかりなんて……」

眉尻を下げて困った顔をするエリアスに、ジークハルトは「いいんだよ」と微笑み、掠め取るようなキスをする。

「エリアスのことが好きだから触りたいってだけなんだから。責任感や罪悪感なんて覚えなくていいから、たくさん感じてくれたら嬉しい」

そう言って、ジークハルトは枕の下に手を伸ばした。いつの間に忍ばせていたのか、液体入りの小瓶が姿を現す。恐らく中身は潤滑剤だろう。エリアスを抱くために準備していたに違いない。

小瓶の栓を引き抜き、とろみのある液体を手のひらに落とすジークハルトを前に、エリアスの胸にはもやもやとした思いが湧き上がる。再びのしかかってこようとする彼の、盛り上がった二の腕に手を置いて制止した。

「ジークハルトは全然分かっていない」

眉を顰めたエリアスは、寝台に肘をついて上体を起こし、拗《す》ねた口振りで指摘する。

「自分ばかりが好きかのような物言いをして……。想い人に触れたいと思うのは私も同じだ。恋人との情事というのは、どちらか一方を満足させるためのものではないだろう？」

奉仕してもらったから、相手に同じだけの行為を返さなくてはと、そういう義務感からジークハルトに触れようと思ったわけではない。ただ、彼が快感に耽る姿が見たかっただけなのだ。

（そもそも、隣に立つのにふさわしい人間にならないと抱けない……などと考えるあたり、ジークハルトはどうにも私を神聖化しすぎている節がある）

つい説教じみた発言をするエリアスを、ジークハルトは片手に潤滑剤を閉じ込めたまま、ぽかんとした様子で見つめていた。なにかおかしいことを言っただろうか……と思うと今度は焦りが込み上げてきて、エリアスはおろおろと視線を泳がせる。

「いや……ジークハルトは私にとって初めての恋人だし、好きになった相手と体を重ねるのも初めてだから、えらそうなことは言えないのだが……」

慌てて言い訳をした結果、恥ずかしい暴露をしてしまう。大きく目を見開くジークハルトを見て、墓穴を掘ったことを悟った。茹でられたのかと思うほど赤面するエリアスの前で、ジークハルトが「ふはっ」と噴き出す。

左手を寝台につき、おかしそうに肩を震わせるジークハルトは、男らしい目許を細め屈託のない笑みを見せた。なにも取り繕っていないジークハルト本来の笑顔に、悔しいけれど胸がときめく。

「互いにそこそこ経験があるはずなのに、二人ともまったく格好がつかねえな。もっと俺に惚れてほしいから、いいところだけを見せるつもりだったのに」

眉尻を下げ、弱った顔で笑う年下の男を目の前にすると、甘く切ない感情が込み上げてきてどうしようもなくなる。彼と出会ったことで、エリアスは初めて「愛しい」という気持ちを知った。

高額な報酬を目的に、強引に体から関係を始めようとしていたのに、互いの本性が露呈したことですっかり予定が狂ってしまった。時間をかけて友情と信頼を育んだうえで、その気持ちは徐々に恋へと変わっていった。自分でも驚くほど純真な関係を貫いてきたと思う。

エリアスにとって、ジークハルトは間違いなく特別な人だ。彼にとっての自分もそうなのだと確信できる。唯一無二の相手を前に、他人との経験で培った手管を発揮しようとしても意味がないのだ。

ジークハルトの頬に手を添えたエリアスは、顔を傾け唇にそっとキスをした。

「いいところだけなどと言わず、全部見せてくれ。心を体もすべてジークハルトに渡すから、ジークハルトのいろんな顔を私に教えてほしい」

鼻先が触れ合う距離で微笑み、エリアスは穏やかな眼差しを向ける。ちゅ、ちゅ、と音を立てて何度も口付けると、ジークハルトは驚いたように目を瞬かせたのち、くすぐったそうに頬をゆるめた。

「強気美人の魔術師だと思っていたのに、予想外に可愛くて旅の最中に何度も心臓を打ち抜かれてたんだけど……困ったな。そのうえ男前でもあるのか」

「惚れたか？」

「惚れ直したっていうんだ、こういうのは」

くすくすと笑い声を漏らしながら軽口を交わし、どちらからともなくしっとりと唇を繋げる。何度か深く嚙み合わせてから、ジークハルトが「してくれるのか？」と掠れた声で囁いた。

「ああ。口でしてもいいか……？」

スラックスの中で膨らむ雄を指でなぞりながら、エリアスもまた濡れた声で問う。ジークハルトは喉仏を動かして唾液を飲み下し、返事の代わりにスラックスを脱ぎ始めた。エリアスと同様、衣服をすべて取り払い裸を晒す。

エリアスは体の位置を反転させ、仰向けになったジークハルトの下肢に顔を埋めようとした。しかし思いがけず「待て」と制止される。

「こっちに腰を向けて。俺もエリアスのを舐めたい」

そう言って提案されたのは、ジークハルトの顔の上に跨がり、互いの陰部を口で愛撫する方法だった。エリアスにとっても初めての経験で、恥ずかしい体勢をすることに羞恥が募る。それでも早く彼に触れたい気持ちが勝り、逡巡の末に了承した。

頭の位置を反転させた状態で、ジークハルトの上に身を重ねたエリアスは、赤い下生えの中心にそそり立つ雄を見つめた。彼のそこはエリアスのものより大きくて勇ましく、抑えきれない興奮を示すように幹に血管が浮かび上がっている。

根元に指を絡めるとそれだけでぴくりと震え、反応してくれたことに喜びが湧き上がった。丸い先端に唇を寄せ、舌でねっとりと舐めてから口腔に埋めていく。

「は……ッ」

口をすぼめて頬の粘膜で擦ると、ジークハルトが情欲にまみれた声を漏らした。それが嬉しくて、エリアスは全体を舐めしゃぶりながら唾液をまとわせ、滑りがよくなった茎を手で扱く。

自分の口と手で育っていく雄を愛しく思っていると、閉ざした蕾に前触れなく濡れた感触が宛《あ》てがわれた。潤滑剤をまとった指がつぷっと入り込んでくる。同時に、彼の眼前に晒していた中心が温かい粘膜に包まれた。

「ひぁっ」

思わず高い声が漏れる中、ジークハルトはエリアスの性器をより深く咥え、張り出た部分を舌でねぶった。口淫を施す間にも長い指がゆっくりと胎内を進んでいき、探索でもするかのように緩慢な動きで内壁を探る。弱い部分を指の腹で撫でられると、体の奥が疼いて堪らなくなった。

じゅぷじゅぷと淫猥《いんわい》な水音を立てて雄をしゃぶられ、同じく湿った音を漏らしながら肉壁を擦られて、エリアスは全身を細かく震わせて感じ入る。

「あ……ぁあ……ッ」

「……口でしてくれるんじゃなかったのか？」

体の中と外で同時に得る性感に夢中になっていると、ジークハルトが低い笑い声を漏らし、口淫が疎かになっていることを指摘した。エリアスは慌てて彼の欲望を咥え直すが、下肢にもたらされる快感のせいでまったく集中できない。

指が増やされ、濡れそぼった孔《あな》に三本が出入りする頃には、エリアスは彼のものに縋りつくような状態になっていた。

「あ……ぁ、もう……もう入るから……ッ」

反り返った雄に頬擦りをし、エリアスはがくがくと脚を震わせながら必死に訴える。潤滑剤を使って丹念に解された後孔は、目の前の雄を受け入れたくて浅ましくひくついていた。一度達したはずの性器は彼の口の中で再び勃ち上がっている。

「痛い思いも苦しい思いも少しだってさせたくないんだよ。だから……な？　もうちょっとだけ」

エリアスの根元に手を添えたジークハルトは、唾液なのか先走りなのか分からない液体で濡れた先端を、じゅうっと音を立てて吸った。同時に体の中にある秘所を指で抉られ、過ぎる快楽にエリアスは「んんぅっ」と鼻にかかった声を漏らす。

あと少しでも刺激を与えられたら再び絶頂に達してしまう。そういったギリギリのところでジークハルトはようやく愛撫を止め、胎内から指を引き抜いてエリアスの体の下から這い出てきた。脚に力が入らなくなっているエリアスを仰向けに寝かせ、再び潤滑剤を手に取る。

固く勃起した己の中心に液体をまとわせ、手のひらで全体に塗りたくると、ジークハルトがおもむろに覆い被さってきた。埋めてくれるものを求めるいやらしい孔に、丸い先端を擦りつける。

一拍ののち、熱い怒張が胎内に入り込んだ。指で執拗なまでに解された内壁はすっかり綻んでいて、長大な雄をなんの抵抗もなく飲み込んでいく。

「あっ、ぁあ……っ！」

彼の形に拓かれる快感に、エリアスは背中を仰け反らせて喘いだ。強烈な圧迫感を覚えるが、それがむしろ気持ちいい。

やがて臀部《でんぶ》に彼の骨盤がぶつかる。熟れた肉壁を貫いたジークハルトは、感じ入った様子で頬を紅潮させ、エリアスを見下ろしていた。視線がぶつかると無言で上体を倒してきて、敷布と背中の間に腕を差し入れる。

全身を使って抱き竦められ、結合部に圧がかかった。エリアスも彼の広い背中に腕を回してしがみつく。互いにすでに汗だくになっていて、素肌がしっとりと密着する。

より深く繋がりたくなって彼の腰に脚を絡めると、中に埋められた雄が硬さを増した気がした。

「すごいな……すべて満たされている感じがする」

「……体の中がか？」

頭の中に浮かんだ感想を素直に吐露すると、ジークハルトが耳許で尋ねてきた。「それもあるけど」とエリアスは小さく笑う。

「これ以上の幸せはないと、心が訴えているのが分かる。……愛する人に抱かれる喜びを教えてくれてありがとう、ジークハルト」

そう言って、全身を包む温もりを確かめるように頬擦りをする。

依頼を達成するための手段に過ぎなかった行為が、ジークハルトと出会ったことで初めて意味を持った。こんなに誰かを愛しく思うことはきっと生涯で一度きりだ。

エリアスの言葉に、腕の中でジークハルトが硬直する。直後に脱力し、「ああ……」と呻きに似た声を漏らした。それからおもむろに体を離すと、寝台に肘をついてわずかに上体を起こす。

こちらに向けられた顔は耳まで赤く染まっていた。情事の興奮だけでそうなったわけではないと、気恥ずかしさを堪えるように歪む口許や皺の寄った眉間が示している。

「抱き合ってる最中にそうやって素直になるの、反則だっての……。エリアスは一体何度俺の心を奪うつもりなんだ」

額を合わせて悔しげに漏らす年下の男に、エリアスは温かな感情が込み上げてきて堪らなくなった。彼の頬を両手で包み、啄むようなキスを繰り返す。

じゃれ合うような行為はやがて性的な色合いに変化し、ぴちゃっ……と濡れた音を漏らしながら互いの口腔を犯し合った。

「んっ……、……んぅ、ふ……っ」

夢中で口付けを交わす間にも、ジークハルトの手が汗ばんだ体を這い回る。肩から腕をたどった手は、やがてエリアスと手のひらを合わせる形で絡み合った。そのまま顔の横に押しつけられる。

「……動くぞ」

低い声が耳朶をくすぐり、ジークハルトがゆっくりと腰を揺らし始めた。

長軀に見合った大きさなのに、身構えていたほどの異物感はない。丁寧に中を解してくれたおかげだろうか……などと、悠長に考えていられたのは最初のうちだけだった。

ジークハルトの動きはあくまで控えめなのに、綻んだ媚肉をぐちぐちと淫靡《いんび》な音を立てて擦られると、体ごと溶かされるような快感が腹の下から駆け上がってくる。口腔を肉厚な舌でねぶられながら後孔に猛った雄を出し入れされ、エリアスは堪らず背中をしならせた。

「あ……ぅう、ぅん……ッ」

媚びるような甘い声が漏れてしまい、そのことに混乱する。腰に回していた足はいつの間にか寝台についていて、爪先にぎゅっと力が入っていた。

（なんだか……いつもより気持ちいい……？）

普段とは異なる己の体に戸惑いを覚える。仕事の中で経験を積んでいるので、挿入される性行為もそれなりに楽しめるほうだとは思っていたが、本来性器ではない部分を使用するため、どうしても中盤までは快感よりも圧迫感や息苦しさを覚えていた。

けれど今この瞬間、エリアスの後孔はなんの苦痛もなくジークハルトを受け入れている。そればかりか、早くも胎内で得る悦びを見出し始めていた。

腰を引いたジークハルトが、ごく浅い部分に切っ先を擦《こす》りつける。その動きの中で腹側にあるしこりを何度も刺激され、エリアスは内側からあふれ出る快感に身悶えた。

「あぁっ！　だ、だめ……っ」

思わずかぶりを振るが、ジークハルトは満足げに微笑んだまま動きを止めない。

「駄目……？　俺には気持ちよさそうに見えるけど」

そう言って同じ場所を繰り返し突いてくるので、エリアスは的確に与えられる性感に搦め取られてしまう。「あっ、あっ」と絶え間なく喘ぐ中、ジークハルトが再び怒張を埋め始める。全身でエリアスを押しつぶすように深く挿入したかと思えば、またゆっくりと腰を引いていく。

全身をびっしょりと汗で濡らしながら、エリアスはされるがまま体を貪られた。

（どうしよう。こういうとき、抱かれる側はどんなふうに動くのが正解だった……？）

必死に頭を働かせて過去の経験を引っ張り出そうとするものの、内壁を雄で掻かれるたびに脳内が桃色に染まり、答えが一切出てこない。寝台に縫いつけられた手を見つめたまま、エリアスは口の端から唾液を垂らし、陶然とした表情を浮かべていた。

自分もジークハルトを悦ばせたいのに、与えられる快楽が深すぎてなにも返すことができない。ゆったりとした動きで腰を送られるたびに、びくびくっと体が震えて思考が止まった。すでに何度か絶頂に達しているようで、白濁した体液が鈴口から漏れ出ている。

「すごいな。エリアスの中、熱くて蕩けそうだ……」

耳に唇を寄せたジークハルトが、掠れた声とともに感嘆の息を漏らした。そのまま耳の穴に舌先を捻じ込んでくる。くちゅ、と水音がすぐそばで聞こえ、それと同時に細かく腰を送られた。

「あっ、ぁ、きもちぃ、いい……いい……ッ、あ……――！」

全身に注がれる甘美な悦楽に溺れ、エリアスは切なく眉を寄せた。幾度目かの快感が爆ぜ、頭の中が真っ白になる。絶頂に合わせ、彼を飲み込んだ場所が蠕動するのが分かった。

耳許でジークハルトは低い呻き声を漏らし、エリアスを抱いたまま体を引き攣らせた。次の瞬間、胎内に熱い体液が放たれる。種づけをするかのような卑猥な腰の動きで奥に注がれ、エリアスのうなじにぞくぞくとした感覚が走る。

しかし一度射精をしてもジークハルトの欲望は治まらなかった。一度上体を起こしてエリアスの太股の裏をつかみ、膝を胸に当てるように押しつけてくる。彼の眼前に臀部を晒す格好に強烈な羞恥を煽られ、エリアスはカーッと頬を燃やした。

「ま、待て。この体勢は……っひあぁ！」

制止する間もなく猛々しい肉杭に貫かれ、エリアスは悲鳴じみた嬌声をあげた。太い雄で穿《うが》たれるたび、目の前に細かな光が舞う。

「は……っ、あぁっ……あ……！」

ジークハルトの腕に縋り、エリアスは絶え間なく喘ぎ続けた。

睫毛に汗が載って視界が滲む中、彼のものが何度も自分の中に出入りするのが見える。内股の間で揺れる中心は様々な体液にまみれ、すでに精を吐いているのかどうかも分からなくなっていた。それでも、ずっと絶頂に達している感覚はある。

「お、おかしい……こんなの」

己の体が制御できなくなってしまったことが末恐ろしく、エリアスは子供のように啜り泣いた。

「こん、な……気持ちよくなったことも、こんなに深く挿れられたこともなかったのに……」

初めて男に抱かれたときだって、これほど困惑することはなかった。際限のない快楽に怯えたことなど一度もない。性感帯を刺激されれば快感は覚えるけれど、そんなものはただの生理現象でしかなかった。

それなのに、ジークハルトが宣言したとおり、たった一回抱かれただけでエリアスの体は作り替えられてしまった。ぐずぐずに蕩けて雄にしゃぶりつく後孔も、抱きしめられるだけで感じてしまう肌も、蜜を漏らし続ける中心もエリアスは知らない。

目尻から涙を伝わせるエリアスを、ジークハルトが長い腕で掻き抱く。その拍子に結合部に圧がかかり、エリアスはまたびくっと体を震わせた。

「これからは全部俺が教える。甘え方も頼り方も、怖くなるほどの快感も全部」

玉の汗がこめかみを流れ、顎から滴ってエリアスの肌を濡らす。それはすでにエリアスの体に馴染み、どちらの体液か分からなくなった。

エリアスが一度まぶたを伏せると、目に膜を張っていた涙が落ち、潤んでいた視界が晴れる。

その先に見えたのは、夜空に燦然《さんぜん》と輝く星のような、強い意志を宿した金色の双眸だ。

「――だから俺を、エリアスの最後の男にしてくれ」

熱のこもった懇願がすとんと胸に落ち、名状しがたい感情が込み上げてくる。今度は怯えでも、生理的でもない涙を浮かべ、エリアスはくしゃりと顔を崩した。

「そんなの……請われる前からもう、ジークハルトは私の最初で最後の男だ」

重ねてきた閨事の経験など関係ない。エリアスが本当に愛したのはジークハルトだけなのだから。

エリアスの言葉に、ジークハルトは泣き笑いのような表情を浮かべる。再び唇が重なって、上と下で体が深く繫がる。二人の境目が曖昧になってしまうほどに。
愛しい男の腕に抱かれ、エリアスは終わりのない愉悦に溺れ続けた。

冬の朝の礼拝所は清らかな空気が満ちている。

コウモリ天井の下で、エリアスは整然と並ぶ長椅子の一番前に腰かけ、隣に座る司祭相手に取り留めない話をしていた。

「……それで、三日間にわたる祝宴が終わったあとは、国王陛下から直々に『宮廷魔術師にならないか』とお誘いをいただいたのです。魔術師としては身に余る光栄でしたが……悩んだ末にお断りしました」

ジークハルトたちとの冒険と、魔王の再封印後の出来事を、父代わりだった司祭に語って聞かせる。司祭は相変わらず宙を眺めるばかりでなんの反応も示さないが、それでもよかった。

これまでは司祭への罪悪感に囚われていたが、今は過去を悔やみ続けるのではなく、自分にできることをしようと前向きに考えられるようになっていた。

「信頼できる仲間と出会ったことで、少しずつ自分が変化していることを日々感じています。大切なことを教えてもらった恩に報いるため、そして自分自身の成長のために、これからも彼らとともに旅をすることにしました」

エリアスと同様、ジークハルトは騎士団への所属を請われていたが、丁重に断りを入れていた。

勇者ではなくなった彼は、これからようやくジークハルトとしての新たな人生を始めるのだ。国民の希望を背負う理想の勇者ではなく、一介の冒険者として、自分の意思で王国を見て回りたいというのが彼の希望だった。

それに同行したいと言ったのはエリアスだけではない。テオフィルとランドルフもまた、「一緒に行きたい」と迷いなく告げた。親しい仲間たちとともに、心になんのわだかまりもない状態で旅をできるのがエリアスは楽しみで仕方なかった。

「魔術師にならなければ、彼らと出会うこともありませんでした。絶好の機会を得ながらも、才能がないからと弱気になる私を励ましてくださった司祭様に、心から感謝しております」

色つきガラスの窓から注がれる朝日を見つめ、エリアスは晴れ晴れとした顔で告げた。その直後に、背後で扉が開く気配がする。

「エリアス。そろそろ出発するそうですよ」

声をかけてきたテオフィルに、エリアスは「今行く」と返事をする。長椅子から腰を上げると、司祭に出発の挨拶をして礼拝所を立ち去ろうとした。

けれど歩き出した直後に、それまで無反応だった司祭がふいに口を開く。

「よい仲間ができてよかったですね」

頼り甲斐のある父代わりだったときと同じ、温かくも整然とした言葉。懐かしいその声音に、エリアスは足を踏み出した格好のまま動きを止める。

唖然としてそちらに顔を向けると、司祭の目がはっきりと自分を捕らえているのが分かった。

「行ってらっしゃい……エリアス」

エリアスを見つめた司祭が、目尻に皺を寄せて穏やかな笑みを浮かべる。子を見守る親のような優しい眼差しに、切なさと喜びが込み上げてきて堪らなくなった。

心を覆っていた闇が完全に晴れたわけではなく、ほんの一瞬、正気を取り戻しただけかもしれない。

けれどその小さな奇跡は、エリアスの心に希望の光をもたらしてくれた。

エリアスは目を潤ませて微笑み、

「……行ってきます」

と震える唇で返した。

礼拝所の前には、いつもと同じ防具に身を包んだジークハルトたちが揃っていた。エリアスの姿を認めると、ジークハルトが寄ってきて背中にそっと手を添える。

「司祭様に挨拶は済んだか？」

「ああ」

指の背で涙を拭っても、ジークハルトは見ない振りをしてくれた。テオフィルとランドルフも同じだ。旅に出る前に世話になった孤児院に寄り、司祭やフランツに挨拶をしたい……というエリアスの申し出を、彼らは快諾してくれた。

エリアスの隣にジークハルトが並び、その後ろをテオフィルとランドルフが続く馴染みの体制で、四人は礼拝所の敷地をあとにするべく正門に向かって歩き出す。

「まずは記念すべき一件目の依頼をこなさなくてはなりませんね。どの依頼を引き受けたんですか？」

テオフィルの言葉に、ジークハルトは「そうだな……」と腰から下げた革袋に手を差し入れた。

以前は剣の鍔に刻まれた聖紋が身分を示してくれていたが、今のジークハルトは勇者ではないため、市民や貴族からの依頼を斡旋するギルドで冒険者登録を済ませていた。そのついでに、依頼を引き受けてくるようエリアスから伝えていたのだ。

しかしジークハルトが取り出した依頼の覚書が、複数あったことでエリアスは目を丸くする。

「ええっと、東の港町でクラーケンの捕縛依頼があるだろ。その道中にオーガを討伐して、ワイバーンの巣の調査をして……あとは薬草もいくつか採取しなくちゃだな。それから……」

「待て待て。一体いくつ受けてきたんだ？」

慌てて手の中を覗き込むと、ぱっと見ただけでも七、八枚の覚書が並んでいた。その多さに目眩を覚え、エリアスは額に手を当てうなだれる。司祭との再会で感傷的な気分になっていたことなど、どこかへ吹き飛んでしまった。

「冒険者としての生活に慣れるため、当面は一件ずつ地道にこなしてこうと話していたではないか」

「いや～……王都のギルドには俺の話がすでに回っててさあ。『元勇者様でしたら、これくらいの依頼は容易いかと思います』っていくつも渡されて、困ってるなら仕方ないかと思って全部引き受けちゃったんだよなあ」

後頭部を掻きながらジークハルトは軽い調子で笑った。「理想の勇者」を演じる必要がなくなっても、頼まれると断れない気質は相変わらずらしい。魔王の再封印を終えてもなお、のんびりと旅を楽しむわけにはいかないようだ。

（もはや、勇者としての在り方がジークハルトの中に染み込んでいるのだな……）

エリアスが頭を抱えて深くうなだれる中、テオフィルとランドルフが苦笑した。

「なんというか……ジークハルト一人に任せたのが間違いでしたねえ」

「やはりエリアスがきちんと手綱を握っておかないとだな」

幼馴染み二人が呆れた様子を見せても、ジークハルトは「えー？」と肩を竦めるばかりで、ちっとも懲りる様子がない。それどころか、機嫌よく口角を上げエリアスの腰に腕を回してくる。

「ま、そういうわけで、エリアスには末永く俺の面倒を見てもらわなきゃな？」

「いい加減自立しろ、この嘘つき勇者め」

「もう勇者じゃないっての。今はただのエリアスの恋人」

「ば……っ、そ、そういうことを、人前でわざわざ宣言しなくていい！」

恋に不慣れなエリアスは真っ赤になって慌てふためく。目の前で繰り広げられるやりとりを、テオフィルは「初々しくて微笑ましいですねえ」などとのんびりとした様子で見守っていた。

ランドルフもそれに深く頷いていたが、エリアスと目が合うと、表情に乏しいその顔に珍しくやわらかな笑みを浮かべる。

「俺たちの大事な友人は、幼馴染みにすらなかなか本心を見せない厄介な男なのだが……エリアスにだけは素直に甘えられるらしい。だからどうか、これからもよろしく頼む」

普段はぼんやりとしたところがあるランドルフが、最年長らしい物言いをしたことに驚く。エリアスの隣でジークハルトもぽかんとしていた。けれどすぐに気恥ずかしそうに目尻を染める。

照れを堪えるように唇を歪ませる姿に、エリアスは堪らず噴き出してしまう。

「仕方ないな。頼まれてやる」

感情が動くまま笑みを浮かべ、エリアスは明るい声音で告げた。母譲りの自慢の美貌を、他人の気持ちを弄ぶために使うことはもうない。自分を偽り、誰かに恋する振りをすることもない。

エリアスの心は、エリアス自身と……それから、たった一人愛した男のものなのだから。

微笑むエリアスの隣で、ジークハルトもまた満足げに表情を綻ばせた。彼の首元に飾られた緑色の魔石は、恋人に対する深い愛情を現している。そして、新たな未来に向かって一歩踏み出した魔術師の、白い肌の鎖骨の間にも同じ石が光っていた。

あとがき

初めまして、もしくはこんにちは。村崎《むらさき》樹《たつる》と申します。このたびは「別れさせ屋魔術師は勇者様と恋なんてしない」をお手に取っていただき、誠にありがとうございます。

今作はデビュー作以来の一月刊行でした。商業デビューしたのがコロナ禍《か》まっただ中の緊急事態宣言中でして、「三冊目まで出版してもらえたら御の字、三年後も作家を続けられていたら相当ラッキーだな……」と思っていたのですが、ありがたくも五年目を迎えることができ、なおかつ十冊目の商業作品を出版していただくことができました。それもこれも、応援してくださる読者様のおかげです。

さて、わたしの商業作の中で頻出するのがケモ耳・翼などを持つ半獣キャラなのですが、その次によく登場するのが「勇者」です。かつて魔法陣をぐるぐる描く漫画に夢中になっていたためか、今でも勇者パーティのお話を考えるのが大好きなのです。

個人的に、剣士と魔術師の組み合わせであれば剣士が攻めであってほしい派です。そんなわけで今回は勇者攻めのお話にしよう！　とネタを練り始めました。

しかしその攻めキャラを考えるのが恐ろしく大変でして……。主人公のエリアスは強気美人魔術師だな！　とプロット段階から揺らぐことがなかったのですが、ジークハルトについてはなかなか設定が定まらず、今までで一番といっていいほど修正を重ねました。ジークハルトは他人より器用ではあるけれど、本来の姿は等身大の二十四歳なのではないか。という結論に至るまでにかなりの時間を要し、担当編集K様には多大なるご迷惑をおかけしました。原稿が書き上がるまでやきもきさせてしまい、申し訳ございませんでした。

飄々《ひょうひょう》とした言動で受けをからかう攻めと、そんな攻めにキャンキャン噛みつく受け……というやりとりが恒例となっている二人が、人目がない場所だと信頼し合う姿を見せることに萌え滾《たぎ》る性分なので、読んでくださった方にも同じ萌えが共有できていればいいなあと願っています。

作中では具体的な数字を出していないのですが、ジークハルトは一八〇センチ、エリアスは一七六センチと、今まで執筆してきた中で最も身長差がない二人になりました。身長以外にも全体的にスペック差があまりないことを意識して書いたので、愛し合う恋人として、それから頼り頼られるよき相棒として、今後も手を取り合って生きていってほしいなと思います。

れの子先生には、素敵なイラストを描いていただき心より感謝を申し上げます。エリアスについて「相手によっては攻めにも見えそうな、イケメン美人でお願いします」と担当編集様にお伝えしたところ、ドンピシャなイラストをいただき身悶《みもだ》えしました。ぱっと見は軽薄で、でも素顔は意外と無邪気で……というジークハルトの性格も見事に反映されていて、「最高」以外の語彙を失いました。どうもありがとうございました！

デビューから間もない頃はとにかく必死に書くばかりだったのですが、冊数を重ねるにつれ、「どうしたら読者さんに楽しんでいただけるのだろう」と思い悩むことが増えてきました。そうやってあれこれ考えた時間が、少しでもよい結果に繋《つな》がるといいなと願っています。

いつもお手紙をくださる方や、レビューを書いてくださる方、ＳＮＳでおすすめしてくださる方。そしてなにより、手に取ってくださった方に心よりお礼を申し上げます。皆様のお力添えなくしては、作家を続けることはできませんでした。決して多作な作家ではありませんが、次回作を楽しみにしていただけるように、これからも自分のペースでコツコツ頑張っていきます。

それでは、またどこかでお会いする機会があることを祈りまして。

二〇二五年一月　村崎　樹

リンクスロマンスノベル

別れさせ屋魔術師は勇者様と恋なんてしない

2025年1月31日 第1刷発行

著　者　村《むら》崎《さき》 樹《たつる》

イラスト　れの子《こ》

発行人　石原正康

発行元　株式会社 幻冬舎コミックス
〒151-0051 東京都渋谷区千駄ヶ谷4-9-7
電話03（5411）6431（編集）

発売元　株式会社 幻冬舎
〒151-0051 東京都渋谷区千駄ヶ谷4-9-7
電話03（5411）6222（営業）
振替 00120-8-767643

デザイン　kotoyo design

印刷・製本所　株式会社 光邦

検印廃止

 ／ISBN978-4-344-85545-8 C0093 ／Printed in Japan
幻冬舎コミックスホームページ https://www.gentosha-comics.net

本作品はフィクションです。実在の人物・団体・事件などには関係ありません。